纸上火焰

彭世华 著

作家出版社

彭世华，男，汉族，曾用笔名沧浪之水，甘肃临潭人，甘肃省作家协会会员。曾从事教师、记者、编辑等工作。1988 年开始文学创作，作品散见于《诗刊》《散文诗》《文艺报》《中国诗人》《诗天空》（美）《青年作家》《飞天》《甘肃日报》《山东文学》《西部诗报》等报刊。作品入选《三河河一江吟唱》《中国诗歌年编》《中国当代诗人代表作名录》《部落格·心灵牧场》《中国魂散文诗选》等多种选集。

目录

第一辑　花瓣里深藏着甘南的芬芳

神　往　003
一个人离甘南近了　004
甘南的云　005
拉卜楞　006
曲宗寺　007
八角城　008
在草原　009
对不起一只鹰和光盖山　010
一个人的冶力关　011
警　告　012
野　望　013
玛曲深处　015
羚　城　016
高原渔场　017
十三水磨坊　018
玛　曲　019
天　祭　020

贡巴草原 021
临　潭 022
西　部 023
夏　河 024
天　空 025
卓　尼 026
将军睡千年 027
碌　曲 028
科才草原 029
妹妹花 030
流浪的人 031
迭　部 032
土　司 033
舟　曲 034
合　作 035
青　藏 036
念　叨 037
开　放 038
卓　玛 039
热　爱 040
让人害怕的春天 041
烟　雨 042
在去天池的路上 043
赤壁幽谷 044

表　白　045
湖　泊　046
虚　拟　047
花把式　048
轻　点　049
有些地方我们可以不涉足　050
红　果　051
发　现　052
幽　静　053
如　果　054
我的甘南　055
红罂粟　056
甘南，甘南　059
春的讯息　061
乡　村　062
草　地　063
夜　色　064
这些年和我们在一起的垃圾　065
手　066
离　离　067
外　婆　068
热　爱　069
年　画　071
乡　土　072

洮　砚　073
红碌礴　075
山旮旯里的事物　076
母　亲　077
我以风的方式靠近你　078
月　色　079
风吹前坡梁　080
乡　间　081
风吹神仙墩　082
大凉山的女人　083
漩　涡　084
我可以忽略后山坡　085
树　086
一个人坐在前坡梁上　087
父亲来看我　088
夜　089
回　家　090
一个妈妈在哭泣　091
大　雨　092
年　代　093
爱：十一月　094
乡　疼　095
酝　酿　096
黑　097

她 098
针　眼 099
贼月亮 100
村　学 101
风 102
表　姐 103

第二辑　陶片上燃烧着千年的月光

陶 107
红　尘 108
春是一瓣一瓣的红 109
二叔的山冈 110
通　许 111
风 112
妻 113
微　光 114
塬　上 115
念　想 117
长大后我们离开了家 118
第四人称：妹 119
花　梦 120
回　来 121
这雨天 122

你　看　123
梦里不知身是客　124
花　125
九巅峡　126
月亮，不过是一扇门　127
羊粪蛋　128
她的村庄　129
发　烧　130
一起多好　131
秋　天　132
落　烟　133
天就黑了　134
打工妹　135
风一吹　136
怀　念　137
秋风过了一场雪　138
你在我们的生命里停留了片刻　139
雪落了　140
慢下来　141
在路上　142
寒衣节　143
潮　水　144
水　145
逃　146

空　梦　147
独　步　148
天黑了　149
情人节　150
雪域上的歌者　151
祖　国　156
海　子　157
列　车　158
筛煤渣的人　159
踢　球　160
报　告　161
重　荷　162
一个人睡在大街上　163
怀念一只烟斗　164
那一天　165
月　亮　166
风啊，别吹了　167
在路上　168
虚　拟　169
企　及　170
下半身　171
寂　寞　172
沧　桑　173
果　园　174

一只鸟 175
市　场 176
区　别 177
似　水 178
后　果 179
每一个中国人都应该祭奠 180
一块砖 181
简单地爱 182
星　辰 183
一条叫思念的狗 184
牛：人怎么能这样 185
絮语：一个人 187
绝　句 188
病　呓 189
朱自清 190
一个下午 192
办公室 193
想象老了 194
大　嫂 195
快 196
光　年 197
收　获 198
劳　作 199
风中有朵雨做的云 200

像雾像雨又像风 201
给周总理 202
雨落灾区 203
奔跑的石头 204

第三辑　大地上微风吹拂岁月的窗扉

触摸海南 213
这个小镇 214
老照片 215
三　月 216
删 217
冬　夜 218
桂　林 219
神　疑 220
北　海 221
河　西 222
推介会 223
结　果 224
常在西门看看 225
回到桌前 226
民工潮 227
玛　曲 228
石　头 229

定　西　230
临　夏　231
月色掩埋　232
落叶的时候　233
乡下来的兰驼　235
一代人　236
景泰汉子　237
水嘛呢　238
花　儿　239
黄涧子　240
王的天下　241
卓尼少女　242
卓尼·洛克　243
和李志勇《山上》　244
洮河从岷县绕了个弯　245
倒淌河　246
青　海　247
塔尔寺　248
西　宁　249
河西走廊　250
金沙岛　251
宁　夏　252
靖　远　253
春日临洮　254

敦　煌　255
石头：羊　256
安　宁　257
桂花山　258
王清洞石窟　259
娘娘坟　260
有一个词，叫红月亮　261
变　迁　267
南　京　268
喀尔钦　269
鸣鹤城　270
古　庙　271
古　井　272
古　佛　273
甘南：八匹马儿奔跑的草原（组章）　274

后　记　280

第一辑

花瓣里深藏着甘南的芬芳

神　往

请允许我：一个陌生来客
向你的歌声靠近
向你煨起的桑烟靠近

请允许我像一个亲人
将目光停留在你的身上
停留在桑烟上

允许我有点冲动
轻声叫出：甘南
请允许我把肉体交给草原
把灵魂交给天堂

一个人离甘南近了

一个人离白云近了
离蓝天近了
离花朵近了
就离甘南近了

一个人离河流近了
离羊群近了
离女人近了
就离甘南近了

一个人离风雨近了
离帐篷近了
离内心近了
就离甘南近了

甘南的云

我想抱一团云回家
抱紧点
再抱紧点
雪山那么白
草地那么绿
我想抱一团云回家
把她抱在马背上
如果是我的妹妹
她会喊：哥哥，疼

拉卜楞

那年春天多好
拉卜楞飘着白云
一个姑娘的初恋，在脸蛋上泄露

桑科来的蜜蜂
追逐五湖四海的花朵
风铃摇曳
西安美院的女生是早开的芍药

金顶　白塔　红墙　青烟
红袈裟
跃然纸上

两个小和尚打量
哪个天空更蓝

曲宗寺

走远了
留下翻飞的经幡
走远了
留下静寂的寺院
走远了
留下默然的尼姑
走远了
留下空空流淌的山泉

回首一看
只有百花之上的蓝天
牛羊恍惚的群山
我怀疑自己
真的来过
真的走远

八角城

静寂

这壁立千仞滚滚而来的滔天巨浪
戛然而止
这列阵进发箭在弦上的千军万马
突然却步

难道折服于天地间的大美：
这满月下毫无察觉的婴儿般甜睡的城郭

在草原

风一吹
草就动了
嘛呢旗就动了
云动了
十万蚂蚁动了

一个女人弯下腰
半辈子就过去了
一个男人骑马不曾离开草原
就死亡了

风一吹
经轮就动了
落尽黄花的格桑动了
草原　草原
风一吹
雪就要来了

对不起一只鹰和光盖山

现在一伸手
就触到鹰了

一侧身
就挨着光盖山了
一出神
就似乎是一朵超凡脱俗的云了

云不想走
就化作雨
雨不想走
就化作风
风不想走
就化作岩石

我心怀愧疚
我不认识光盖山山顶的那只鹰
光盖山山顶的那只鹰不认识我

一个人的冶力关

一个人睡着了
他的呼吸化作云雾
他的梦幻化作山河

一个老人失语了
他抚摸着参天大树
双泪纵横

一个女子迷路了
她感觉白蘑菇在体内膨胀

一个“花儿”歌手
停止了高歌
像一只鹰停止了盘旋

警　告

如果地球人来敲门
你千万别开
你千万别开
那个苫着花头巾
揣着一肚子阴谋的人来了

野　望

树树皆秋色的日子里
采薇的女子
在唐诗中打开一扇木门进去了

打猎现在是一种奢望
四轮车刮起了蔽日的飞尘
寂寂寥寥的扬子居犹在
飞来飞去的桂花找不到

屡聘不应召的诗人
也沉颍水而去
不胜寒蝉的白头
在无人信高洁的多风重露下弃官隐遁
人已没，水还寒
美人贴着富贵到灯红酒绿去了

风烟中比邻却是天涯
槛外长江仍旧空自流
山山黄叶落下
比雨声更浓
秋风铸马鞭的少年
何忍独为醒

秋声不可听
还是回去吧

玛曲深处

越深入
就只有天空和云朵了
越深入
就只有群山和河谷了
越深入
就只有青草和土拨鼠了
越深入
就越觉得没有退路了

羚　城

这是虫草上市的季节
白草帽和各色背包挤满车站门口
仿佛绿藻间黑色的小蝌蚪
这些从山里来的虫草现在挤挤挨挨地喊啊
可是谁能听见它们的声音
一些交易都是在袖筒里进行的
早市过后，清洁工将泥土收拾干净
虫草们不知去了哪里

高原渔场

看鱼的人
不理我们
那些金鳟鱼
不理我们

大水
流过度假村的亭台楼榭
流过一方方池塘

“鱼儿正在孵卵，你们别去惊动”
像此刻
我们也不去惊动
身边薄雾下的玛曲草原

十三水磨坊

满山满谷的花香里我是一朵花
这小小的变化让我不安

十三座水磨坊　十三朵白云
十三位仙女
发现了这其中的秘密让我不安

她们的身上沾了花香
回不了天堂
我的身上沾了花香
回不了故乡

“爸爸，爸爸”
女儿的呼喊竟是那样遥远

玛　曲

十万云朵向东，十万牛羊向西

绿宣铺开
黄河之水挥毫写下：天下第一“弯”

天　祭

草地之上燃上牛粪
牛粪之上撒上柏香
柏香之上放上糌粑、香蕉、苹果
放上酥油、饼子
再放上的该是思念、祝愿、忏悔吧

磕头，磕头，再磕头
给天，给地，给山，给水，给烟
给那些看不见的事物

你完成了所有仪式
回头向我笑了笑，缓缓走下山坡

贡巴草原

一会儿工夫
那些飞奔的马匹就不见了
一会儿工夫
那盛装的扎西和卓玛不见了
一会儿工夫
那激情的吆喝和海子的明眸不见了

是草原做梦
还是我在做梦

临　潭

高高的白杨，高高的墙
一家一堡，千家千堡

山的涟漪里，山的褶皱里
两头牛相伴到老
一杆犁被土地擦得贼亮

西　部

有牛羊的地方，就有河流
有石头的地方，就有村落
有大鹰的地方，就有寺庙

刀子，比男人更持久
珊瑚，比女人更靓丽
白色的高墙褐色的高墙总是庄严神秘
黄色的大门红色的大门不会轻易打开

苍茫的草地更加苍茫
孤单的灵魂更加孤单

夏　河

金顶黄，白塔白
经轮的声音响亮

两个长辫子的女人
向大地扑下
身下的青石发出耀眼的光

桑科草原被薰衣草一夜染蓝

天　空

我们把大雪扫去
把一些坏消息扫去
我们要给春天扫出一块广场
给孩子们扫出一块广场

你看，那蓝天上
飞翔的雄鹰，翻飞的鸽子，
游弋的金鱼，翩翩的蝴蝶，
穿梭的蜜蜂
你看，那蓝天下奔跑的
红脸蛋白脸蛋黑脸蛋的孩子们

那一刻，我觉得幸福
是多么温暖的字眼

卓　尼

洮河流连忘返的天堂

推开窗
就是柏木的清香

解下第三根辫子
她就是你的新娘
垂挂的银盘就是她的嫁妆
温柔和妩媚是你一生的食粮

将军睡千年

好累

战争终于结束
邀功的去邀功，请赏的去请赏
刀枪入库，马放南山

你青山为枕，彩云为被
只想睡他个千年万载

碌　曲

谁来梳洗　这银镜
谁来描画　这月容

奔跑的少女
你慢点
我坐你的赤兔马
我是你的格萨尔

科才草原

在科才草原
我不为十万人的盛会感动
不为翻飞的哈达感动
不为佛感动

我感动：那流淌着小溪的清晨
小溪边梳发的藏族母女
我感动，那轻轻在母亲发间滑下的红色木梳

妹妹花

去年的雪还未结束
今年的雪已在路上
我的甘南，我的花，我的妹妹
一个月要完成生命的轮回
完成一世的孕育、发芽、开花、结果
只好疯了似的开
开出三瓣、四瓣、五瓣、六瓣、八瓣
那醉人的气息、爱情的气息、妹妹的气息
——被称作：花香

流浪的人

他怀抱他的龙头琴
没有日出没有日落
他有时就是一个人
在黄河边燃起篝火
在雪山下弹唱
他的歌声深情忧伤
他也经过一些村庄
接受女人献上的牛奶和盐巴
他有时也泪流满面
惹得周围的女人跟着泪流满面
他有时也酩酊大醉
抱着龙头琴
紧紧地，紧紧地
好像那就是他失散多年的央金

迭部

千万条溪流汇成河
千万根云杉遍山坡
千万朵梨花醉山寨
还有千万座老水磨

万绿丛中一点红
腊子口，不能不说

土　司

院落里睡着土司
睡着土司的女人
院落里兀自盛开杏花桃花
兀自飘落杨叶柳叶

戴狐皮帽的土司
挎盒子枪的土司
戴红玛瑙的女人
穿蓝锦缎的女人
都在细雨中飞雪中安睡
都在蝴蝶蜜蜂的穿梭中安睡

荣耀　耻辱　爱恨　情仇
都是落叶
覆盖着睡去的人们

洮河水很响
土司站在高山上看过的洮河水
女人倚在栏杆旁看过的洮河水
哗啦啦哗啦啦一直到今天很响

舟　曲

涩不过柿子，麻不过花椒
小桥上闪现的是辣妹子
长长垂下的是拧成麻花的辫子

一些山高得冒烟
一些坡陡得流汗
说不出的是疼，放不下的是重

合　作

铜壶摆到灶上，银碗摆到桌上
莲花放到心上

一万人的锅庄
需要一个辽阔的广场
一万匹马的奔腾
需要一个辽阔的草场

青　藏

一座山
足够一生翻越

一条河
足够一生摆渡

一顶帐篷
足够一生风雨

一个女人
足够一生温暖

念　叨

一座山
在山群里类如土丘
一个人
在人群里类如草芥
一场生死
是一滴雨的下落

一个人的念叨
像一匹白马切入雨夜
穿越无边无际的河谷

一个人的念叨
像一把刀插入刀鞘
让一个汉子失声
豆大的泪滚落草地

开　放

在扎尕那，在阿万仓
在桑科滩，在科才河谷
我一次次看到一些花儿
美得让人失语
美得让人无声
在霜中含苞，在雪中绽放
我不止一次凝思
不止一次像俗人追问：
你们为谁而开，为谁而谢
为谁而香，为谁而殒

卓 玛

假想大雾退去，阳光照耀草原
我的卓玛弯腰卷起帐篷的一角
连同昨夜的雷雨平静地卷起

假想溪水潺潺，云雀啾啾
我的卓玛跪在草丛里以水为镜
垂下她的长发沐浴她如玉的容颜

假想山花烂漫，羊羔如云
我的卓玛在火炉中塞进一把红枝干的苏鲁
炊烟升起，平凡的一天悄然开始

此刻，天空蓝得像一块玻璃
蝴蝶也停止了轻颤的羽翼

热　爱

我爱，这尘世里短暂的夏天
我做河水　蹚过卵石　鱼虾　浮藻　阳光
蹚过小桥　磨房　寺庙
我做云雾　山为宣　水为帛
缠绵为舞蹈
不怕虚度了这落叶似的光阴

我爱，这漫山遍野的野花
在她们的身边
我接纳天空的蓝　大地的绿
我做个干干净净的梦
任柔情如水的日子
在十指间飞珠溅玉　流光溢彩

让人害怕的春天

春，浩荡之春。
守城的冬，守城的冷，守城的寒，一夜间弃城远遁。
十万朵花儿涌来，谁能临阵不乱。
十万朵花儿发声，谁能淡定自若。

恍惚。
十万朵花儿化身十万只小鸡。
从草丛里钻出来，从河岸旁冒出来，从大树后跑出来。
壮士云集，战鼓铿锵。
快快逃跑吧，这汹涌之春，磅礴之春，可怕之春。

烟　雨

是谁
匆匆赶在我们之前
布下这烟雨三千

难道它已打探到
有一群怀着小阴谋的蜜蜂
抵达冶力关

索性藏了那山
遮了那水
湿了那行人

看怎么吟风诵月
赋诗作画

在去天池的路上

山很高　路很陡
我和一只蝴蝶　不期而遇
结伴登高
她怕我迷路　时常驻足
忽而拍拍左翅　忽而拍拍右翅
有时拍拍双翅

美丽　原来是一个动词

赤壁幽谷

一些花儿开在幽谷是幸福的
一些花儿被溪水带走是幸福的
一些花儿被老人编做花冠是幸福的
一些花儿戴在爱人头上是幸福的

回眸，回眸
摇曳在雨丝里的花儿是幸福的
那害羞的脸蛋是幸福的

表　白

在赤壁幽谷　阿信
飞缆车　穿石罅　过板桥
赞叹：这么好的地方
竟然　没有来过

在赤壁幽谷　人邻
看丹霞　看山洞　看云雾
喜欢驻足　喜欢倾听
微笑着　安静着　怕惊动草木

在赤壁幽谷　一朵花
拦住去路　让我恍惚
谁是前生　谁是来世

湖　泊

那些湖泊居住在山中
呼吸着风雨
一个提着利斧的少年迷了归路
在湖边化成一截朽木
遍生蘑菇和苔藓

很多时候湖泊是安静的冰块
偶尔发出小兽般的轻响
只怕惊动蓝天白云
到了春天星星都下来游泳
它才会起些许波澜

虚　拟

一场古装武打戏
上演铭心刻骨的爱情
为爱千里闯关
为爱扬剑江湖
为爱抱残守缺
为爱面壁苦修
为爱刀山火海
为爱青丝白发

你想着虚拟的场景
陷入呆痴

花把式

再过三十年
我也会这般苍老
白发　拄杖　眼花

我能

掏出多少
深情　火热
埋藏在心底的花儿

轻　点

轻点
再轻点
别惊动你身边的巨石
那睡了千年的精灵
你侧耳听听
那年轮里的流水声
鸟语花香
和风花雪月

轻点
再轻点
也别去惊动绿叶上的水珠
那或许历经千年的修炼
才修来今世的晶莹剔透
别去惊动啊
那万劫不复的相遇

有些地方我们可以不涉足

在甘南
有些地方
我们可不可以不涉足
比如桑科
比如西梅朵合塘
比如扎尕那
那些草的殿堂
花的王国
雪的故乡
可不可以留给天空
留给云
留给风
留给太阳和月亮
一个舞台
我们只是观众

红　果

我爱这红宝石
爱这人间烟火外含毒的果实
爱她举起的一盏盏小灯
去照亮幽静的山谷

做她的爱人
要有十二分的勇气
哪怕倾国倾城
倾尽一生

发　现

有一种图腾
不能看　不能说
它让我失重
失去时空

我把发现的秘密
揉成小纸团
捏在掌心　攥在内心
那是不可泄露的天机

这朴素的大地
不可亵渎

幽　静

山慢下来
水慢下来
尘世慢下来
鹰的翅膀慢下来
一个人居住在谷中久了
他的思想慢下来

他守着一条银灰色的滑道
怕它也变作一条白蛇不见了
现在那滑道就是一条铁轨
一些小船
从铁轨上滑走了
他转身用铁链把铁轨上了锁
那铁链也已经生锈

如　果

世上唯一虚设的果子
是幽谷里的雨亭
是比岁月还要静谧的石桌、石凳

要是离爱再近一点
我们就去笑傲江湖
要是离仙再近一点
我们也去高山流水

可是我不能做你的爱人
仍旧留你
在红色的山谷里
在牛羊下来的山谷里
在雨点洒落的山谷里

我的甘南

我的甘南是一辆三轮车
只有春天、秋天、冬天
没有夏天

坐在少了一个轮子的车上
我小心翼翼
满怀忧伤，春天何其短暂
冬天何其漫长，秋天又何其迷茫

一些云从天上下来
一些云又回到天上
一些牛羊从坡上下来
一些牛羊又回到坡上

一些土豆从山上下来
一些土豆又回到山上
一些树叶从树上下来
一些树叶又回到树上

我身外的星星渐渐化为灰烬
内心的柴火却燃烧到天明

红罂粟

1

一块炭。燃烧。高悬。
山谷之上，天河之畔。
红在蔓延，漫向羊群，漫向央金脚边。
十月的风，密如鼓点。

2

独饮。
阿信：黄金的杯盏。
秋风的杯盏。谁劝我沉醉?
不醉不归。
梦醒，一身红罂粟花瓣。

3

月色，低头走过。

冷孩子，躲在草堆背后。
同样冷的天，躲在蓝里，
躲在村庄和山坡背后。
马站着，睡了。
泉水“喀嚓、喀嚓”结冰。

4

奔走于路途的蜜蜂。
举着火种，点亮甜蜜的事业。
幸福，扇动翅翼
在姹紫嫣红里闪烁。

5

阳光倾城。
一些云躲进了山林，一些云躲进水里。
晨雾散去，十万朵马兰等待着盛会开幕。
笑语盈耳，纷纭。
风不解花语，恍惚，微醺。

6

鹰展翅，抬头，
背着天不吭一声。
这时，天多像一面巨大的蓝冰。

7

我的半生岁月就在这草原上度过了。
牧马。种田。
这是两种生活的姿态。
月亮居于烟火之上，
它有时会走出来，看人和蚂蚁的忙碌。
那些喧响的河流在人间制造了多少假象，
它翻腾、奔涌、跌宕……
月亮会被风吹灭吗？
一场爱和恨，
也只是一场雨和雪。

甘南，甘南

夜晚谢幕，白昼初现，部落更迭
篝火围簇的盛宴是弓刀的狂欢
是风急浪高花容失色的毡幔

山谷里盘旋的是冷眼的巨鹰
花丛里撕裂的是弱者的辔鞍
王者的胸前挂满玛瑙和珊瑚

皮袋马尾的黄河惊涛骇浪
风吹草低的山野豺狼出没
山坡上金碧辉煌的是殿堂
山脚下画梁雕栋的是府邸
春夏秋冬里咏诵的是经轮
风雨雷电中飘摇的是草丛

迁徙的远走他乡，逐草而居
留下的炊烟依旧，餐风宿露
一些狂獒老去，一些羔羊娩生
草木一生的是扎西，牛羊一世的是卓玛

天地在日月中轮回，日月在天地中更替
雷霆中跋涉着红色的队伍

暗夜里传递着革命的火种
狼烟终飘于历史，鼙鼓终归于大地

青藏大地在摧枯拉朽中揭开崭新一页
雪域儿女在扬眉吐气中感受时代巨变
江河上飞架道道彩虹，雪山上飘飞条条哈达
草地中凸现海市蜃楼，新居里瞩目五湖四海
坚实的步伐革故鼎新，豪放的胸襟海纳百川

阴霾散尽，冰雪化去，春风吹拂十万群山
百鸟欢歌，彩蝶纷飞，鲜花竞放千里草原

春的讯息

你来了，内心的海浪翻潮，葱绿的手指扶起一角雪白的草帽。

朴实如古陶的农庄悠然端坐桃花丛中，房前屋后宁静的山岗沉醉于雨蹄的遐想。

你来了，我轻轻的锣，悄悄的鼓，鸣响。环佩叮当的风洒下串串的莺声燕语。

宁静的高原次第打开重门深锁，哗哗解缆的冬云，寒冰从我们心上偷偷挪移了，潜藏于心灵的秃鹫，忙拍黑色巨翅。

一群穿红着绿的鸟儿轻盈地回旋、起落。

太阳缓缓前来，泪花闪烁。

春天，请拍响你的手掌，我们要飞上你的枝梢，做你的使者。

乡　村

风吹薄了土墙
雨打湿了土房
山里娃趴在土堆上
夯墙　盖房
年老的女人是杏树
花期短
果期长
年轻的女子是白杨
挺拔　健壮
一家门关上了
是一个小天地
张王李赵家门关上了
就是乡村的夜晚
牛在暗处计划　像男人
男人在暗处打算　像牛

草　地

我已经好多年没有踏过草地了
打碗碗花开了也好谢了也罢
装满红青稞的马车
装满了雪花
校园里你的倩影
和孩子们云雀般的欢笑
都仿佛随风而去

我已经好多年没有踏过草地了
我没关心你单薄的双肩
你蒙眬的泪眼
没去留意那静静寻觅的马匹
和哈达一样飘过草地的云烟

但我无法掩饰多年的忧伤
桑多河悄悄变老的忧伤
我无法掩饰日子里那一片片凋零的欢乐
欢乐上驻足的月光
我多像月光里那座废弃的寺院
静静地被荒草淹没
被雪淹没

夜　色

夜色从山梁上下来
一车青稞从山梁上下来
拽着牛鼻子的父亲从山梁上下来
我牵着车后的一把青稞
听见牛的喘息
车的喘息
父亲的喘息
夜色笼罩了我的大半辈子
我一直担心父亲牵不住牛鼻子
我拽不住一把青稞
我使劲咳嗽
我给父亲壮胆
给自己壮胆

这些年和我们在一起的垃圾

我们讲过的话，有多少不是垃圾
我们开过的会，有多少不是垃圾
我们举过的手，有多少不是垃圾
我们赞过的人，有多少不是垃圾
我们播过的片，有多少不是垃圾
我们发过的文，有多少不是垃圾
我们读过的书，有多少不是垃圾

有多少垃圾被我们拒绝
有多少垃圾被我们接受

手

手不想伸，伸了
手不想拿，拿了
手不想捂，捂了
手不想遮，遮了
手不想举，举了
手不想抖，抖了
真的，手始终没这样想
但我们说，想了

离 离

低低地说话
低低地笑
低低地走在羚城的街道上

她一安静
羚城也似乎安静了许多
她一安静
诗坛也似乎安静了许多

她说
在寺庙一样的羚城行走
要保持神一样的庄重

她叫离离
神也会低低地叫她一声：离离

外　婆

你在母亲的那一头
我在母亲的这一头

四季轮回，春种秋收
你和山里的花比
谁更加孤单无助
六个女儿生活的村子是你一生的版图

你出生在一个山弯里
你生活在另一个山弯里
你沉睡在更远的一个山弯里

浩瀚星空里
你只能猜想我的顽皮
我只能猜想你的笑容

热　爱

无论走到哪个地方
我都能听到家乡的鸟声
在千回百转的河道边
我是怀抱着吉他的歌者
这片土地曾经一片碧绿
现在却渐渐接近枯黄了
阳光照耀着半面山坡
我和孩子们打成一片

无论走到哪个地方
我黑红色脸颊的母亲
想着我有一天成为杰出的骑手
她鬓边的银丝鞭策我疲惫的身心
她唇角的微笑
使我不敢懒惰和灰心
我善良美丽的姊妹
她们在茫茫起伏的青稞地里
挥动镰刀
九月闪烁着金色的光芒

无论我走到哪个地方
我都感到富足和欢乐

如父亲疼爱庄稼一样
我会疼爱我的事业
不负众望

年　画

这一年，山弯里雪下了几场
人家的房屋翻新了几户
考了大学的孩子几个
鞭炮声中顶着红纱巾的女子哭了几回
去年还在的老人走了几位
这一年，满树的花儿开了多少
采蜜的蜂儿飞来几只
街上的标语新出了几条
睡去的人们欢乐几场悲伤几场
目光里缭绕的炊烟几缕
涌上心头的喜鹊几点

乡　土

以土为伴的乡
以土为命的乡
出水才看两脚泥的乡
进门磕出两鞋土的乡
两手一搓
唰啦啦落土的乡
擦一把汗珠
留下五个指印的乡
土头土脸的秦琼敬德
忠诚看守的乡
离开了土
就无法生活的乡

洮　砚

老得就像戴着罩罩帽
满脸皱纹
穿着布底鞋的男子
蹲在洮河边
抽旱烟

有集的日子
庄稼汉摇身一变
成了商贩
土街上摩肩接踵
车水马龙
恰似过年

想不到
一个个能工巧匠
就在我们身边
想不到那不起眼的旮旯里
一块块绿石
龙飞凤舞
栩栩如生

一棵棵杏花树

伸过房前屋后
把半个山嘴映红

红碌碡

天上没有了太阳和月亮
地上没有了鸡鸣犬吠的村庄
和风吹来哗啦啦落叶的白杨
麦场里
我家的牛和你家的牛套在一条轭上喘气
红碌碡在奔跑
扎着红头绳的姐姐在奔跑
脸上扑满灰尘的爹娘在奔跑
他们要跑到天上去
跑到很远很远的天上去

山旮旯里的事物

山旮旯里的烟　飘着飘着
就无影踪了

山旮旯里的人　蹲着蹲着
就矮下去了

山旮旯里的草　摇着摇着
就被风吹折了

山旮旯里的阳光　红着红着
就从山顶上消失了

山旮旯里的树叶　挂着挂着
就落到了地上

母　亲

黑夜终于松了手，让母亲回到了阳光下
回到了她朴素的老屋

一地的阳光里
站着母亲，站着白发的母亲

她微笑着，那么美，她的白发那么美
而我不敢看她，不敢看她的微笑
怕走漏了我小小的幸福

我以风的方式靠近你

我就是风
我要把你吹走
吹到河西去
吹到西出阳关无故人的地方去
我扯你拉你劝你缠你
像你扯我拉我骂我恨我
可我在明处
你在暗处
你必须带走麦子、柴火和亲人
带走回忆和眼泪
那些干旱的地方已挖好了水窖
那雄伟的电站即将上马运转
就等着清凌凌的洮河水
涨起来
涨起来

月　色

黑夜慢下来
风慢下来
父亲的身子慢下来
牛把头埋进河水中
牛把月亮咽进肚里
父亲把唾沫咽进肚里
牛抬起了头
振作精神回家
父亲坐在辕上
我趴在草上
四周的山凝固了

风吹前坡梁

风要把前坡梁吹走
把天上的老鸹吹走
把母亲围着的花头巾吹走
把这个春天吹走

牛回过头想哭，没哭出来
那个骑牛的顽童还闭着眼趴在车上

乡　间

早就不大种庄稼了，门楣上依旧写风调雨顺
灯笼上依旧写五谷丰登
儿女们早就分房另住，孙子们也“只生一个好”了
老人们敬着香念叨的还是儿孙满堂
人勤春早啊，大街小巷里农用车的喇叭已是此起彼伏
走亲串戚的婆姨少了，说不上好还是不好
坐在一起，三句里两句提到的是钱多钱少

风吹神仙墩

风吹芨芨草
风吹毛毛花
风吹大唐王朝的堑壕
风吹宋金的墓冢
风吹蒙元的马蹄
风吹明朝的烽火
风吹过
风从苍凉的故乡吹过
风从箭镞上吹过
风从旗帜上吹过
风吹着我
从一个陌生人的身体里吹过

大凉山的女人

村里砖厂来了大凉山的女人
又黑又瘦的女人背着又黑又瘦的孩子还拖着又黑又瘦的孩子
似乎不是那么瘦的孩子趴在背上而是那么瘦的大凉山趴在背上
她将一车车白土坯推到窑里又将一车车红砖码到窑外
她有时走过街道，像一个非洲女人走过街道
她有时被孩子的哭声烦了，忍不住要在孩子屁股上狠狠拍两下
她似乎没有拍在孩子身上，而是拍在大凉山身上
孩子感觉到委屈，大凉山也感觉到委屈

□　涡

船在河上打转
哪艘船已不重要
哪条河也不重要
母亲和我都在船上
老牛和一车柴火都在船上
天慢慢在眩晕
山慢慢在眩晕
蓝天和白云在眩晕
绿漩涡翻出水花
白铁绳在船工的手臂下滑动
那一刻
母亲紧攥着牛
似乎不是用手
而是用全身在紧攥着眩晕的牛

我可以忽略后山坡

我可以忽略后山坡
没良心的后山坡
忽略它突兀地占据我的视野
忽略它山顶的皑皑白雪
忽略它的曲曲折折
忽略一个牧羊人的一生
一个女人的爱情和婚姻
一个孩子的梦想
但我无法忽略它
成为诗歌的一个章节

树

天黑了
我站在院落里
我似乎喊了你的名字

院落里依旧很静

风吹着白杨树
白杨树比院墙高
比周围的夜色还黑

一个人坐在前坡梁上

枝头上的姹紫嫣红悄然无声
雨水落入土层悄然无声
山路年久失修悄然无声
父亲一天天老去悄然无声
荒芜了的田地杂草丛生悄然无声
废弃了的时光悄然无声
“不是我们太弱小，而是现实太强大”
我坐在田垄上悄然无声

父亲来看我

眼睛有点花
耳朵有点背
腿子有点拉

今天雨过天晴
父亲来看我
他提着家里的红包包

红包包里
装着自家窝里的鸡蛋
自家园里的葱
自家地里出的豆面

他喝了一杯茶
抽了两支烟
缓了一口气
起身：
家里门锁着
猪娃子还要给食呢

夜

一辆满载柴火的牛车穿过冰桥
山色暗下来
乌鸦的口气暗下来
车辙声也暗下来
要是月色再明亮一分就好
我就会看清这大地上的路
头顶上的星空
父亲和牛的背影
要是乌鸦再多一只也好
另一只乌鸦就不觉得孤独
父亲的红烟头就不显得凝重

回　家

锁子看着家
狗认不得我
一个劲地汪着
葱绿给我看
麻雀叫给我听
小女孩给山里人提早饭去了
她碎小的脚步
风一样踩过溪水
几家牛羊在山坡
几家桃花独自开
我恍然如梦

一个妈妈在哭泣

一个妈妈
一个唐朝的妈妈

在哭泣
在一个叫青藏的高原上
她背着身子

大　雨

父亲在雨中
母亲在雨中
我和老牛在雨中

雨从东面来
雨从西面来
雨从南面来
雨从北面来

雨中
我们停止了呼吸
只有滂沱的雨
在呼吸

年　代

大雪覆盖了山坡上的沓板房
里面走出我的新娘
她推开门一个人去河边提水
我忽而跑在她的前面
忽而跑在她的后面
她没忘记用温柔的目光看我
并唤我：我的小狗

爱：十一月

辛苦一年的牛回到山上
反刍或者吃草
没有雷声，没有瓢泼大雨
一抬头就是蓝天白云
忙忙碌碌的镰歇在墙上
一把庄稼一把草
充实了朴素的生活
收获或者歉收如同手心手背
麻雀在枝头梳理羽毛
姐妹在炕头纳鞋绣花
炊烟将这一切轻描淡写

乡　疼

春天里，她埋头在雾中
秋天里，她埋头在雨中
清晨里，她埋头在灶台上
夜幕里，她埋头在针线中
她不识字，她不会打电话
她不喊累，她不唉声叹气
她不懂青春，她把欢乐埋在日月脚下
她不懂追求，她把希望埋在儿女脚下

酝　酿

天空在酝酿一场风雪
鸟雀在酝酿一顿晚餐
孩子在酝酿一块糖果

我用半生酝酿
一首诗歌
说不出
那是酸涩还是甜蜜

黑

黑是山里的黑
你家的院墙和我家的院墙
都高出我们的仰望
黑像霜降在我们的四周
山里的月被风吹灭
你的小灯盏　我的小灯盏
在黑里移动
在落叶声里移动
那时　我们不知道
你是青梅　我是竹马

她

她跨进陈旧的庭院
跟在父亲身后
跟在驮着红木箱的毛驴身后
那一年，她十六岁

乱世里不敢放鞭炮
不敢办宴席
她悄悄就做了父亲的女人
成为村子里的一个女人

她大半生就在这个村子
养家糊口，缝缝补补
她用单薄的身体给庭院遮风挡雨
她不过是偶然地成了我的母亲

针 眼

双鬓白发的母亲对着一枚银亮的针
试图让紧攥的线穿过去
她粗糙的手指在颤抖在用力
似乎要把自己也穿过去

她终于抓住了另一端的线头
她笑了，她的笑没人察觉
她这样认真地过着一生，没人察觉

贼月亮

那一年，哦
六〇年，或者六一年
前坡梁顶上的月亮贼亮贼亮
下河滩里的水贼亮贼亮
一大家子的肠胃贼亮贼亮
母亲的眼睛贼亮贼亮
生产队里藏狗的声音贼亮贼亮
不期而遇的饿狼的目光贼亮贼亮
僵持了十多分钟后，狼还是放弃了
守园人追逐的脚步贼亮贼亮
那被夺走的背头贼亮贼亮
那满河扑腾的萝卜贼亮贼亮
母亲的泪花贼亮贼亮
那些年贼亮贼亮

村　学

山不做声
水兀自流淌
街巷空落
没有犬吠，没有玩童
几个大人坐在脱谷机旁休息
一把铁锁
锁了四五间校舍
院落里荒草能没过牛背
要是有头牛多好
哞一声
不为别的
只为这瓦蓝的天空

风

风把秋叶吹红
把草莓吹黑雪山吹白
把佛吹到寺庙里
把鹰吹到壁画里
把洮水吹凉
把一堆柴火吹得哔剥作响
风把自己也吹哭了
泪水落在我的心上

表　姐

太阳落下去
月亮爬上来
表姐的身子
变成一片瘦瘦的叶子

左手就是山
右手就是谷
姐夫是那把明亮的斧子

两个孩子
一个是天空
一个是大地

第二辑

陶片上燃烧着千年的月光

陶

谁烧制了你
谁触摸过你
谁埋葬了你

你哺育了谁的儿女
你承载了谁的希望
你温暖了谁的过去

不要细细追问啊
那拥有的日月和春秋
那升腾过又熄灭了的人间烟火

红　尘

作为儿女，我还有父母牵挂
作为父母，我还有儿女养育
像极了茫茫时空的星辰
用薪火取暖，用守望相助

为了一份工作，我焚膏继晷
为了一份生活，我阅尽脸色
为了一份平安，我谨小慎微
仰望璀璨夜空，哪一朵是为我盛开的烟花

来自人群的热闹，我无法拒绝
来自岁月的苍凉，我无法抵御
这惶恐的繁华如镜，照见我孤单的影子

春是一瓣一瓣的红

我在哪儿躲藏春色，在哪儿安放春色
那十分里被雪水带去的，被尘土掩埋的
那十分里怅然若失的
那一瓣一瓣的红
那春色里的留白，明月填几分，大雁填几分
你还转身，还回眸，还仰望
天空里的星儿熄灭了，大地上的风儿熄灭了
那一瓣一瓣的红
已是漫山遍野，漫山遍野

二叔的山冈

二叔睡着的地方
是一座山摞着山的高高的山冈
他的身旁
是好多好多睡着的人们
那座高高的山冈旁
是一座座更加宁静的山冈

蝴蝶来了　又去了
蜜蜂来了　又去了
我们来了　又去了
二叔来了　去不了了

二叔睡着的地方
离甘南很远
离老家很远
却离天空　很近　很近

通　许

火车一闪而过
一闪而过中原大地
一闪而过我的三个兄弟：
世玉　世奇　世林
三个在通许西水沃生活的兄弟
火车全不理会我的心情
它只管将手拿车票的人
送到终点
只是一闪而过
我紧握的相机只能留下
这中原早春的暮色
这惆怅的绿
还有树上的鸟巢

风

风，亮出锯齿
在时光里切割
要把海水切出火焰
把天空切出闪电

风不会呼喊
只是奔跑，用加速度
风不会留下
只是路过，影子不过是错觉

风，熄灭了灯
熄灭了自身
疼痛，是亮在我们心中的
一盏盏红

妻

我只这样低低地唤过你一次
我听见你的手在微微颤抖了
我看见你的玫瑰花闪耀着泪花了

你的周围星辰在陨落
月光阳光如絮
葵花慢舞

我只这样偷偷地唤过你一次
我听见冰川在消融
海生物在逃离
雪山在崩塌
湖泊碧蓝碧蓝地从天际淹来
白火焰似的天鹅自在地遨游

我只这样低低地唤过你一次
在梨花般洁白的世上
在我二十年煎熬的码头上
唤你：妻

微　光

这么多年了我坐在一盏灯下
我的桌子、椅子、床都成了山
我一个人坐在山里发呆
我熄了灯就像下了山

我在灯下抱着一本书
就像抱着一条河流
我抚摸着文字
就像抚摸着一块块会唱歌的石头
我希望文字回归河流

有时我想我是坐在一棵树下
呼吸着它的安谧
让它带走我的失落和浮躁
它只是忠实地撑起一片天地

那么微小的光微小得不值一提
落到心里激不起一丝涟漪
落到我的人间
也不过是雪花的融化或堆积

□ 上

下雨了老唐
那条去北塬的黄土路
伸进我悠悠蓝烟的诗行

塬上的柳色浓吗
你的笑容
春风一样跑过土门关
来到我的家乡

下雨了老唐
甘南的日子没遮没拦地漫长
想起我们住过的四一一宿舍
枕着涛声入梦的夜晚
那真是一段阳光灿烂的时光

写给你的信总是情不自禁地塞满忧伤
多想找张长城的老邮票
壮壮行色
忧伤却一遍遍冲击着我的胸膛

念一声老唐啊
“山回路转不见君，雪上空留马行处”
这是你最爱吟诵的诗句

念 想

我把一滴雨看成两滴雨看成三滴雨
我把一扇窗望成两扇窗望成三扇窗
我把自己想成一面山坡一匹老马一丛花草
想成东山顶上的明月
或者你在医院走廊里突然就慢下了脚步
突然就在暗处喊了一声我的名字

长大后我们离开了家

长大后我们离开了家
家里只剩下爸爸和妈妈
田里的杂草他们俩拔
山里的麦子他们俩拉
从前艰难的岁月成了他们俩的家常话

长大后我们离开了家
都忙碌着各自的家
学习忙工作忙家务忙
说挣了钱孝敬俩老人家
说得了空看望俩老人家

岁月的轮回里我们也添了白发
我们的儿女也渐渐离开了家
才知道
父母就是我们的家

第四人称：妹

像一个雕塑家的杰作：妹
我的石头我的妹

像一轮明月的徘徊：妹
我的影子我的妹

像一阵风儿的慌乱：妹
我的澎湃我的妹

像一列春天的火车：妹
我的山河我的妹

花　梦

她住在一座木屋里
前面是草地，再前面是湖水
她把衣服晾在风中，她把自己晾在风中

她翻动着书
而风正在翻动着湖水
她喜欢这样打发短暂的春天

鸟儿的路在空中
鱼儿的路在水中
她想着天很快就黑了，草地就黑了，湖水也黑了
她背着身，不知道背着谁的身

回 来

当我回来
回到屋檐下
我依旧是小蚂蚁
草丛里觅食
寒霜里奔波

推开门
是比水还凉的日子
秋天依旧是我的邻居

你给我的蓝天
你给我的河流
我要装到信封里
封了口
让一匹马带走
不让它回头

这雨天

这雨天与你无关
与我无关
这雨天没人来叩门
叩出平平仄仄
这雨天没人来看花
任花沸沸扬扬
这雨天与小巷无关
与擦肩而过的伞无关
这雨天雾失楼台
月迷津渡
那临水的人与你无关
那临窗的人与我无关
这雨天没有风
与你的背影无关

你　看

你看归雁的影子掠过花的容颜
你看秋水南去
你看装满麦禾的车
掩入黄昏
你看树叶儿一半落在墙内
一半落在墙外
你看大红大蓝的女人们
和揣着孩子的男人们
等待牛羊
等待他们上学的儿子
你看
这儿还有一片干干净净的天空
一弯皎皎洁洁的月色
一丛树影伴我入眠

梦里不知身是客

灯红了
酒绿了
纸醉了
金迷了

纷纷趋之的，若鹜
争相过江的，若鲫

灯红了，忘记了黑
酒绿了，忘记了白
心迷了
忘记了身是客

花

花是裸体的
你不要不好意思

裸体的花在平原上开
在悬崖上开
在阳光里开，在风雨中开
在夜幕里开
在前生来世开

如果你不好意思
那是你自己不好意思

九巅峡

我是游走于洮河峡谷里的一只小虫
像背着星星的瓢虫
唐旗村头顶的月亮灰头灰脸
那些雕琢洮砚的人
也不知道吹去上面的灰尘
不去入户的时候我们挤在移民的热炕上消磨时光
与九巅峡连着的日子里
大雪覆盖了后山坡
覆盖了我们租住的平屋顶院落
覆盖了洮河

月亮，不过是一扇门

这么多年，我的房子一直空着
我的心也一直空着
我舍不得空出的白
我舍不得钉钉子
我怕钉子一旦钉进去，就无法自拔
我像一个马上出发的人
推开门，却不知去哪里
爱过的人已远走，恨过的人已宽恕
天地多像一间更大的空房子
月亮不过是一扇门

羊粪蛋

一起被留在山里的人
一起站在风中的人
一起行走在寂静的原野里的人
一起守过三月又守过十月的人
一起看着山坡落雪河水结冰的人
一起围着炉火打发黑夜的人
一堆山坡上的石头
一簇田垄上的毛毛花
一群头顶上的小乌鸦
一些羊粪蛋
微小，脆弱
温暖，亲切

她的村庄

想让自己安静下来
安静到一个人
一口井
安静到井绳儿慵懒无力
井中只留下一轮圆月
安静到能看见
圆月的轻摇

想让自己安静下来
安静到一座山谷
一朵花
一滴花露
安静到日子里没有风
能看见身体里的枝叶
纸上的炊烟

发 烧

我摸摸我
烧得厉害
又摸摸你
烧得更厉害

快年终了
检查组要来
烧也得加班加点

我最怕你被黑屏了
我也怕
不然大家都黑了

一起多好

哪怕是雨天
雷鸣电闪的雨天
哪怕是暗夜
无月无星的暗夜

一起多好
即使擦肩而过彼此不能相见
一起多好
即使岁月悄悄改变我们的容颜

一起多好
就像一盏灯陪着一盏灯
一起多好
就像一朵花念着一朵花

秋　天

鹰回到了天上
玉米回到了廊下
树叶回到了原野
风回到了屋顶上
远方的人回到了远方

我守望着大海
守望那翻来覆去的浪花

落　烟

你不懂最好

花为谁红，叶为谁衰
云为谁起，水为谁百折千回
雨为谁皴染，桥为谁守候

你不懂最好

天上的月和水中的月谁更孤独
瓦上的霜比窗棂上的尘谁更隐忍
端起的杯子与放下的杯子谁更沉重

你不懂最好

船在水中的疼
城在草中的破败
眼在眼中的渺渺烟波

你不要问，不要问，不懂最好

天就黑了

天又要很快黑了
我还没有落下一个字
这一整天
我就坐在空白里
这空出的白
和白云的白不一样
它有点冷
是一点点冷下去的冷
我很难过
像没有渡船过去的那种难过
我难过了
你看不见
因为天就要黑了

打工妹

穿迷彩服的打工妹
满身白色浆点的打工妹
她把双手焐在牛肉面的大碗上
并迅速地焐在脸上
她的小动作把邻桌的我逗笑了
也把她逗笑了
她低下头掐了木木的同伴一把
好像掐了这冬天一把

风一吹

风一吹，月色就暗黄了
风一吹，城池就陷落了
风一吹，草木皆兵
风一吹，匹马涉水
风一吹，山河只在纸上凸现
风一吹，你能拭干谁的泪眼

怀　念

曾经挥挥手说再见
互相叮咛：
一定要写信
一定要打电话
可散了
就彼此没了音信

多少年
就这样过去了
劳心，劳力
流泪，流汗
平凡的日子里穿插着
些许的欢乐
些许的无奈和伤感

应该知足了
春天有雨伞
冬天有火炉
应该随遇而安
可禁不住
涟漪般的怀念
像秋风掠过湖面

秋风过了一场雪

顺着秋风指引的道路
顺着草屑、麦粒和泥巴
会看见一个杨树下的村落
楼房、瓦房和土房挨挨挤挤在一起
亲近又疏远
“过去的水多清，过去的人多亲”
村里那些事儿大家清楚
婚丧嫁娶说白了还是个门面
岁岁年年不变的是家长里短
杨树不管人间的心眼，绿荫从东家转到西家
猫儿不管邻里的纠纷，将老鼠从他家追到我家
秋风过了一场雪
一半落到山里，一半落到心里

你在我们的生命里停留了片刻

一月二十六日，蓝天，暖阳
医院里人出人进，婴儿救护室里
你乖乖地躺在保温箱内，吊瓶，吸氧
偶尔睁开眼睛看看守望你的亲人
多希望你能哭出一声，你的委屈
你初涉尘世的委屈
但你到闭眼，到悄悄停止心跳
也没有哭出一声你的委屈
所有的大夫退出病房，把你留给了我们
我们将你放在泪水打湿的小被里
擦了你小手上因为化验留下的血迹
抹去了你嘴角上白色胶布留下的印痕
抱着你回到你的故乡你没来得及看一眼的故乡
抱着你穿过杨树林穿过沙棘林穿过松树林
穿过积雪覆盖的前坡梁
在向阳的地方安放下你小小的生命
我们用泪水掩埋了你
孩子，你在我们的生命里只停留了片刻啊
只停留了片刻

雪落了

雪落了
落在盛开的苏鲁花上
落在苍翠的松林里
落在一片幽深的湖水中
雪在飘，在飘
雪打湿了蝴蝶的翅膀
雪打湿了埋头吃草的牛
雪打湿了人家屋顶上的炊烟
雪落了，覆盖了山间的小径、广场的雕塑
和学校的瓦屋顶
雪落了，落在我们的脸上、身上、心上
这不过是一场雪
不小心落在了时光里

慢下来

云慢下来
雨点慢下来
母亲的笑慢下来
夜慢下来
灯光慢下来
音乐慢下来
我要留住这秋风
让它也慢下来

在路上

云在云的夹缝中
雨在雨的夹缝中
草在草的夹缝中
风在风的夹缝中
山在山的夹缝中
水在水的夹缝中
天在天的夹缝中
人在人的夹缝中
光在光的夹缝中
麦粒在麦粒的夹缝中

一念间，高山只是丘壑
花朵却是世界
有脚步的地方就有路
活着，坚持着，就有前方

寒衣节

太阳下去了
天快黑了
亲人们挨着纸钱三三两两地在野外跪下了
纸钱被点着了
火光照红了亲人们的脸
看不见的亲人们
不知如何领取纸钱
去哪儿添置冬衣
一壶浊酒
能抵御多少路途的寒冷
还有那些孤独的亲人
又躲在何处
在偷看暗下去的火光
风乍起
树上秋叶零落
夜色笼罩
亲人们拍了拍膝盖上的土、草和薄雪
说着话和看不见的亲人们
擦肩而过

潮　水

不敢轻言说爱
不敢说地久天长
说什么你不来，我不敢老去
真的你不来
我会比村口的大树老得更急
比暗夜里的花朵老得更紧
春夏秋冬，比流水还快
多少欢乐背后曾拭去多少眼泪
多少执手相望中多少夕阳西下
哪一年的潮水不涨不落
哪一世的明月不圆不缺

水

水想飞
想回到天空，回到树林
回到家园
想喊一声：妈妈
喊一声：亲
喊出疼痛，却喊不出
水泪流满面
可是谁也看不见

逃

天黑了，雪来了
四周是模糊的山，模糊的灯
风雪模糊了宾馆、酒吧、商场、影院
模糊了人影、车影、树影
模糊了十字路
两个无家可归的人
他们要逃到哪儿去
他们能逃到哪儿去
转瞬间，已看不见
不知风雪模糊了他们的脸
还是模糊了我的眼

空　梦

一定有风叩响人家的门环
一定有河水赶着夜路
一定有月色照着空空的梯子

一定有人梦见了思念的人
奔跑，却迈不开步子
呼唤，却发不出声音

独　步

我从城南走到北
又从城北走到南
满城都在落叶，满城都是落叶

秋风吹着我
是吹着一片叶，而非一棵树
是吹着一棵树，而非一个人

天黑了

屋檐上的雨，一点连着一点
失眠的灯，有点疲倦
你走过的林荫路，比过去更幽暗

答应陪你一起看月亮，可偏偏下雨了
说什么好呢
你在雨那边，我在雨这边
月亮一直在雨后面

情人节

白杨树上的雪还未化去
桥上摆摊老人的身影越来越暗
风无家可归
反反复复中东游西逛

像电影里男主角和女主角出现
那可是多年以后的相逢
他没有伸出热情的臂膀
她也没有做出飞翔的姿态
他们呵出的热气代替了所有的话语

而后一个人走过桥东，一个人走过桥西
他们不知道这一天是节日

雪域上的歌者

1

是昙花样的闪现，流星雨般的聚缘吗
那涤荡的大风带来什么，带走什么
千里迢迢的行程被你的微笑融化
化去了的还有那些陈年的冰块，那些陈年的伤感

2

烛光之上是执手相看的泪眼
烛光之外是浩浩淼淼的星空
万家灯火之外是那个不羁的身影
和一轮朗照青藏大地的明月

3

我说：你不是我的爱人

你是摆我过渡的船，你是琢磨我的斧
是度我的佛
你为我准备的盛宴，是你莲池里的花瓣
是你玉瓶里含英咀华的一丁点

4

尘世上的劫难此起彼伏
人间烟火里的爱恨诞生消亡
你是我心上的食盐
我拿出来，给大家奉献

5

花儿的尽头是天空，天空的尽头是花儿
那个满腹“花儿”的老歌手埋在哪面山坡
那回眸一笑的容颜在哪座山里被风雪皴染
那被风吹开的门扉被谁轻轻掩闭
你或许不明白：这是一场梦境，一场幻觉
在我们中间雾一般散开，烟一般朦胧

6

孤烟留恋大漠，长河留恋落日

我的十指奉献给你的只是一些白纸黑字

我多希望是一星星红红的烛光
哪怕，给你一瞬的温暖

7

“我喝醉了，一个人在广场上哭泣”
隔着高原上的山谷，隔着乍暖还寒的春天
我的泪水和你流在同一时间里
在情感里坠落不能自拔
如果是花，我愿意开给你一个人看
我不让世界知道

8

“那一世，我转山转水转佛塔，
不为修来世，只为途中与你相见”
一恍惚间，那只悬崖上忍痛啄羽的鹰得以复生
那棵卸下了片片黄叶的树得以轮回
一恍惚间，我在海子中发现了
发现了那个离开了金银镶嵌的佛座的浪子
——他的佛名是仓央嘉措

9

春天，她胸怀怎样一段美丽动人的故事
而捧上万紫千红

让这些文字小草般地鲜活
小鱼般地灵动
在纸上飘摇游弋

10

“那一年，我磕长头匍匐在山路，
不为觐见，只为贴着你的温暖，
你把我丢了这么多年，
你要陪着我一直走到天亮，
你要牵着我的手，不能放开，
这一刻我才觉得你是真实的，
这灯光下的雪花是真实的，
今夜，我不流泪，我不流泪”

11

“佛曰：留人间多少爱，迎浮世千重变；
和有情人，做快乐事，别问是劫是缘”
可我不是佛，我只是卧于冰雪的牛
沐于风雨的花，醉酒当歌的浪子

12

盛宴终将随华灯而谢幕，幸福终将以泪水而凋零
雪花终将填补那空寂的四野

谁能牵住背影
那不得不又一次割却的爱又该留下多少的疼痛
多少的折磨和牵挂
谁一语道破“相见不如怀念”
转头间泪水洗面，回眸间已不复相见
苍茫了的是尘世，苍茫了的是远山

祖　国

有一些历史
我们不能抹去
有一些名字
我们不能忘记

有一些歌曲
我们要永远传唱
有一些信念
我们不能丢弃

有一些锁链
我们要坚决砸断
有一些顽疾
我们要忍痛根治

有一些誓言
我们要铭刻在心
有一艘航船
永远不能分离

海　子

远方还是远方。
读着，想着，写着，唰的一下，天地空了。
只有太阳。
疼痛草木深，疼到说不出。
指头的弦，手中的帛，眉间的秋。
寒风里一列火车，烟雨中一川麦子。
还有野花燃烧的原野。
说给谁听？
风，翻动着春夏秋冬。
四卷本的尘世上，花开也纷纷，花落也纷纷。

列　车

一定是一列驶向春天的火车
一定是在乡村的身体里安装了城市的马达
一定是在慢腾腾的光阴下安装了高速的车轮
一定要将黄土地上土沉沉的父老乡亲运走
一闪而过的窗口里：闪过那么多幸福和茫然

筛煤渣的人

他或许常常出现在街上
但没有人会细细打量
就像风中的他
常常被煤灰改变了模样

他微笑着扬起手中的铁锨
碎小的煤渣散落在他的身旁
休息时他随意地靠在煤上
像一块疲惫的煤靠在煤块身上

他扶着明亮的锨告诉我
“这比晒膀子强多了!”
他温暖的话语像煤块滑落
停留在我的心上

踢　球

孩子们在踢球
追来追去
我坐在看台上
不知看什么
黄昏正一点点接近脚下
远处是日浓一日的秋色
没有雁
没有雁的雁滩
比天空还大
没有雁的心
比黄昏还暗
孩子们鸟一样跑过我的身边
我突然觉得
我就是那棵老气横秋的大树

报　告

“非典”那一年
张小三打报告
老师，我舅舅昨晚从南方跑回来了
我将他拉到墙角
低低问：发烧吗?
他也很紧张：没，没发烧!
人呢?
我妈没留，让他走了
真的吗?
真的!
我舅舅哭着走了
我说，那就好!
回转身
我特难受
忍不住骂了一句
不知骂谁

重　荷

书包很沉重
孩子的童年很沉重
希望比未来还沉重
谁能举起
谁能放下

一个人睡在大街上

一个乞丐睡在大街旁的台阶上
他的身后是高大的中国农业银行
他的身前是炫目的霓虹灯光
千家万户欢度春节的礼花满天绽放
一个乞丐试图用身子温暖身下的冰凉

怀念一只烟斗

一只烟斗
离开我们已经很久了
我这样地怀念一只烟斗
已经很久了

二十世纪最好的封面设计
就是一只烟斗
就是把大地最黑暗的中国
塞进烟嘴的烟斗

火花闪现了
在一只烟斗外的苍穹里
第一朵：彷徨
第二朵：呐喊
第三朵：朝花
第四朵：野草

我这样地怀念一只烟斗已经很久了
虽然那故事新编了不少
但我却钟爱一只烟斗
因为一只烟斗离开我们已经很久了

那一天

那一天
我们牵着手
走在大街上
没人相信你是我的新娘

那一天
我们挨着身子
缠绵在床上
没人认为是爱情的力量

那一天
我们突然走散
重相逢了
已记不起彼此的模样

月　亮

一定有些花，是开给爱情的
火焰般开了，火焰般熄了

一定有些灯，是亮给内心的
你看，夜色覆盖了四野的小径

一定有些墓碑，是藏着孤独的
你看，身前的影子，身后的影子

风啊，别吹了

风把山里女人的脸蛋吹红了
风把人家门上的对联吹白了
风把水中的一轮月吹乱了
风把河滩里的白杨树吹歪了
风把山梁上的牧羊人吹老了
风把那一山一弯的红沙棘吹疼了

风啊，别吹了
再一吹，这穹隆上的星辰
这白纸上的黑字
就啪啦啦直掉了

在路上

一只揣着幸福的蜜蜂，在路上
一列载着土豆的火车，在路上
一缕透过云团的阳光，在路上

秋风吹白芦苇
吹白艾花
也吹白了念想
道路旁
天空有多远，大地就有多远

虚　拟

以后的日子
我们就靠虚拟来打发
虚拟那参天的大树
虚拟那淙淙的小溪
虚拟那啾啾的麻雀
虚拟瓦蓝瓦蓝的天空
虚拟亲人和朋友
虚拟盼望和等待
虚拟朴实和厚道
我们在虚拟家园里
开轩面场圃
把酒话桑麻

企　及

不用说，已是流水落花
不用说，已是潮打空城
萧萧寒风中，剑声凛冽
猎猎旗帜下，大江东去

我依旧在诗歌中埋下英雄和美人
壮怀激烈
十面埋伏也无法阻拦我
去赴一场鸿门盛宴

下半身

我原是不想的
原是不曾留意的
那一直浑然一体的山河

现在我和你一样
说起下半身
就像说起那分成南北的宋朝

我想我们怎么能这样
怎么能这样

寂　寞

花落是寂寞
花开更是寂寞

草枯是寂寞
草荣更是寂寞

溪水是寂寞
沧海更是寂寞

着笔是寂寞
落笔更是寂寞

沧 桑

在街上碰到一个醉汉
他指着我的鼻子：老同学
你书念得好，我念得不好
你工作干得好，我干得不好
你没酒喝，我有酒喝
你没肉吃，我有肉吃
后面的话我只能删去
我劝他，你快回去
可他回哪儿去，四周那么黑

果　园

风吹果园
风吹劳动的手
风吹女人们的纱巾
风吹戈壁的荒凉
风吹太阳成月亮
火星儿撒做漫天星光

夜半喂马的人起来添草
银叉子发出轻响
拾柴的人推开大门出发
车轱辘发出轻响
打钟的人兀自打出空旷

树木在休息
果子在休息
少女在呼吸着淡淡馨香
疲倦和笑容还挂在脸上
风吹过，明月更明黑夜更黑

一只鸟

一只鸟来过
又去了
它想表达什么
又没表达什么
它从这枝上
跳到那枝上
又从那枝上
跳到这枝上
它小小的双翅没有声响
它后来
飞走了
没有人察觉
或许
永远没有人察觉

市　场

我感觉到我们都陷入了
除非神
交易正在发生
没有什么可以逃避

区　别

大人们吃
大人们喝
大人们玩
大人们乐

孩子们春夏秋冬写作业

似　水

每天，我都要随波逐流，如果活着
负载着明，负载着暗，负载着不明不暗
如果我不挣扎，我不放弃
我会做落叶随风蜷缩，比衰草还要自卑
我需要慢下来，慢下来，慢到只有天地
天地间只有一个人，慢到心无杂念
慢到只有阳光照耀水面，甚至远离了时间
我需要慢下来，做小舟泊于冬天
做果树，静静等待花开

后　果

一个老师
唯利是图了
一群孩子就会遭殃

一个医生
唯利是图了
一些病人就会遭殃

一个官员
唯利是图了
党政形象就会遭殃

如果　我们
都唯利是图了
后果就只剩下一个
自己也很快遭殃

每一个中国人都应该祭奠

今天
让我们放下手上的工作
不论工作多么重要
让我们面对南京
面对南京大屠杀那个血雨腥风的日子
让我们走近屠刀下那一个个鲜活的生命
那一声声不屈的呐喊
让我们缅怀的花束
为他们绽放
让我们滴血的疼痛
为他们不平
让此刻凝固成我们新的长城
当战火和硝烟弥漫在我们的家门口
魔影从灰烬中复生
幽灵又一次闪现在我们的头顶
我们还需要沉默吗
为了那刺刀下的婴儿
为了那废墟下的兄弟姐妹
让我们
面对南京宣誓：
我们，就是你的城砖
我们，就是你的坚石

一块砖

一块砖藏着多少克温暖

一块砖顶着一块砖
一块砖护着一块砖
一块砖抱着一块砖

一块砖就这样把温暖传递给另一块砖
不分高低，不论贵贱

简单地爱

我已经是四十的人了
我胸中的那匹狮子也开始驯服
我开始爱上海子的生活：
喂马、劈柴，面朝大海
我开始爱上梭罗的生活：
在瓦尔登湖畔筑屋、钓鱼、看书、思考
我开始爱上网页：
尽量不去看新闻
避免没事找事，天天愤世嫉俗
我一直爱着深爱的人
不为时光而褪色，不为世俗而改变
我想：这一生
我只希望简单地爱、简单地活、简单地过

星　辰

那些精细的日子
那些燃烧的记忆
到最后
都悄无声息地
不留一丝痕迹

仰望天空
着一件黑衣
别一朵白花
怅望大地
来时花开
去时花谢

风吹草低的原野里
谁
攥紧一把苍凉
长歌当哭

一条叫思念的狗

我用最疼最疼的那个字
喂它
用最柔最柔的那根线
牵它

十多年了
我不忍唤那条叫思念的小狗
可它却咬着我不放

牛：人怎么能这样

今天大伙又见面了
黄牛看黑牛
黑牛看黄牛
彼此算是打了招呼
二黑子又露脸了
摸一下黄牛
按一下黑牛
槽上的燕麦又高又绵
来的人很体面
大棚里很热闹
一个人说话
四五个人给他拍照
黑牛黄牛一直没敢抬头
怕抬了头
惹二黑子辱骂：
人家是给领导服务
你还以为是给你服务
情节大体类似
五分钟后黄牛家的人牵走了黄牛
黑牛家的人牵走了黑牛
二黑子领了崭新的五十元喝酒去了

忘记了牵自家的牛
牛：人怎么能这样

絮语：一个人

有时候，我睡着，睡着睡着就一个人了
我哭，我喊，我挣扎，都没人搭理
有时候，我醒着，醒着醒着就一个人了
那天，那地，那人，都不知去向
有时候，我走着，走着走着就一个人了
朋友，亲戚，儿女，都无影无踪
有时候，我想着，想着想着就一个人了

绝　句

除了腐败
我们还能做些什么

除了庸俗
我们还能拥有什么

除了垃圾
我们还能留些什么

除了死亡
我们还能等待什么

病　呓

“人类将从粪便中提取物质食物”
科学家戴着防毒面具酿造着明天的生活

明天克隆人将和我们相亲相爱相濡以沫
他们来自毛发指甲或肋巴

“他穿过我的身体，能带走什么，又能留下什么？”
一个女人这样说
一个女人跟着这样说

这是天空还是大地
这是将来还是过去

朱自清

请高抬贵手
把朱自清留下
给孩子们一点人间的温暖

那个背影
矮小　迟缓　不够风光
甚至不遵守交通规则
穿越火车轨

我们
看见了父亲
山一样的背影

他还留给孩子们春天
我们不会把春天也删掉吧
这些年
一些人不喜欢鲁迅了
说鲁迅太尖刻
一些人不喜欢雷锋了
说雷锋太老实

这些年

我们删去的东西够多
我们又拿什么拯救我们的孩子

一个下午

我打扫庭院，擦拭门窗，清洗杯盏
父亲像汇报工作一样
全面细致
怕把村里的事遗漏了
把邻居的事遗漏了
说东家修房，西家买车
说张家打发女子，王家老汉过世
其实，我和父亲都在回避
院落里的空寂和冷清
好让杯中的茶，手中的烟，一个下午的时光
再持久一会儿
阳光再温暖三分

办公室

一些老桌子，一些新桌子
一些老凳子，一些新凳子
一些老电脑，一些新电脑
一些老报纸，一些新报纸
一些老书，一些新书
一些老时光，一些新时光
一些老朋友，一些新朋友
一把锁子，无法说老
默然打开，悄然关闭

想象老了

想象老了

我们就回到街上
回到闲言碎语中
去家长里短，道听途说
等夕阳落山

想象老了

我们就放弃热爱的山河
和高贵的信仰
我们就回到寺庙里
拜神信佛，谈经论道
像高人隐士

想象老了
辉煌的过去
无非是一地鸡毛

大　嫂

在高楼与高楼遮天的街角
在轿车与轿车蔽地的街角
在宠物与宠物追逐的街角

大嫂，何处安放你的一把小凳
何处安放你的生活出路
何处安放你梦中的一面国旗

我不想看到这一幕
但还是看见了，我说看见，不说目睹
你，在人来人往的街角一边哭泣
一边收拾残局

快

妈妈，我不说迅疾
我说快，很快的快，春夏秋冬转圈儿快的快
山弯里的雪消得多快
亲人们土堆的坟头下降得多快
白杨树上的毛毛长得多快
看报纸的人翻动的速度多快
还有点钞机上的钱、官场的脸、商场门口的车变得多快
这一刻我打字的速度多快
妈妈妈妈妈妈
尘世上的火车跑得多快
我在时光里的疼痛多快

光　年

来不及酝酿来不及孕育
来不及发芽来不及开花
来不及咀嚼来不及品尝
来不及思考来不及回味
来不及等待来不及选择
来不及呈现来不及判断

我们赶在路上，甚至
来不及悲伤来不及哭泣

收　获

山还是那座山
湖还是那个湖

一个人攀到山顶
说：唉，一摊死水

一个人攀到山顶
说：呀，人间仙境

山风起了
一个人怏怏而回
一个人满载而归

劳　作

打铁的人把日子打进铁里

打铁的人没有眼泪
他把眼泪打进铁里

打铁的人没有疼痛
他把疼痛打进铁里

打铁的人恨不得把自己打进铁里
他不呐喊
他把呐喊打进了铁里

风中有朵雨做的云

所谓一生
就是
纸和笔
筷子和碗的一段路程吗

所谓一生
就是
鸟飞高处
鱼游低处的一种皈依吗

所谓一生
就是
日月当空
风吹四季的一点真实吗

像雾像雨又像风

春天
早已消失
美丽的祝辞也已荒芜
草木
河流
鸽子
都被我们轻轻端起

突然的笑容
突然的心疼
只不过
是杯沿与杯沿之间的
一丝颤栗

能一饮而尽吗
也许
空洞已经代替
我们彼此的距离

我们触摸着
一丝冰凉
而冰凉已经无法抗拒

给周总理

他在打补丁
他坐在春夏秋冬后面
坐在一笸箩针线后面

阳光照亮了他的脸
照亮了他的白发
照亮了风雨飘摇的
九百六十万平方公里的土地

他坐在庄稼人的小凳上
累了也不知道
他专注地打着补丁
目光如水

他的姿势
平凡而又朴素

雨落灾区

雨落岷山洮水
雨落土坯屋
雨落烟火味还未散尽的废墟上
雨落麦地
雨落新堆的坟头
雨落羊肠小道
雨落沧桑的脸
雨落帐篷
雨落迷彩服消防服白大褂
雨落红旗
雨落心头
雨落在字里行间
点
点
滴
滴
点
点
滴
滴

奔跑的石头

1

月亮从山上下来
风不说话
转身离开的人回头看了看

爱不过是云一样的黑影子
谁的叹息那么轻呢
轻得只有自己才能听见

2

尘世远了，喧嚣的河流
喧嚣的风，喧嚣的集市
都远了

河水白花花的
月亮白花花的

山里的花骨朵白花花的
多么好

3

一些土围起来，就是城
一些水跑起来，就是河
一些文字聚起来，就是半个天下了

一个女人把针扎进布匹里，疼了
一个男人把铁插入泥土里，累了
许多年就这样安静地过去了
轻烟一样，轻烟一样，存在过

4

一个老人的白胡子飘在秋风里
一座城门空空的
好像被月亮挖了个洞

5

一只羊跑起来，是孤单
两只羊跑起来，是悬念
许多羊跑起来，是汹涌的江河

一块石头跑起来，是石头
两块石头跑起来，是日月
许多石头跑起来，是汹涌的星空

6

一个帘子拉起来，一夜就过去了
一块石头落地，一些事就过去了
一些土堆起来，一辈子就过去了

月亮下去了，那人还睡不着
月光一定雪一样铺满了他家的屋顶

7

两个影子交谈着
不知说些什么

我远远地避开他们，怕两个影子
突然刀子一样缄口

8

在北山耕云，南山播雨
我们把世上干净和不干净的事都忘了

两只蚂蚁碰了碰触角
撤了
我还继续想深入这幽谷
不知一场雨即将落下

9

把日子摊开
晾晒一地的阳光
阳光散发麦香
双手下
全是金属的麦芒

想象女人
跪在麦粒里
她的手滑动着
麦粒丝绸似的颤栗着

想象的女人
也曾是一匹五彩的颤栗的丝绸呢

这一刻的风只吹动铁丝上的衣服
屋檐上的脊兽

10

我从秋风怀中摸出刀

从水中抽出冰冷之刃
从花瓣中取出梦，取出念想
从字里行间取出云，取出雨
铸成铅字

像古代的一位诗人活着，爱着

11

西部，摊开
不过是破损的年代久远的残卷
羊群，是一些滚动的文字
风一吹，有的发声，更多的保持沉默

长城，像一列烂火车，断断续续
可曾经无数次奔跑在茫茫北方

12

长夜扣留了那个傻乎乎的人
秋色怎样才能一分为二
路忘记了山，如何归去

13

起风了，草一低再低

草不出声
风有点慌

官走官道，贼走贼途
和尚在蒲垫上打盹
月亮穿过芦苇丛，鸟儿睡不着
但也不想睁眼
世间的风，不可能不吹

第三辑

大地上微风吹拂岁月的窗扉

触摸海南

四个小时前
我彷徨如老年
四个小时后
我雀跃如少年

四个小时
大致一张报纸
一杯茶
一支烟

四个小时
穿越了时空隧道
翻过了春夏秋冬

我呼吸　再呼吸
我张望　再张望
我赞叹　再赞叹
海南　梦一般的海南
我　也是一株高大的椰子树
散发着甜蜜的　椰子树

这个小镇

这个小镇
我的生活被高大的建筑
空空地笼罩
宗教的气息无处不在
无时不在
许多的人一辈子
就这样忙碌着老了，没了

这个小镇
有两样东西迷醉了人们的灵魂
虫草和黄金
翻手为云
覆手为雨
风一样刮过的是春天，夏天，秋天，冬天

在这个小镇
我进入生活
又退出生活
月亮一样圆了，缺了

老照片

一些
被自己隐藏了

一些
被他人隐藏了

一些
被时光隐藏了

留下的是哪一张

三　月

念歪了经的
和尚
不知去了何方

甘南
雪上加霜
平静的日子
难以平静

牛和羊
卧在山梁上
渴望阳光
早点把三月打发了

删

其实
从那天起
我开始删节
一篇篇
一章章
一节节
一段段
一行行
我不能再表达爱恋
表达思念
表达喜欢
我躲着我们走过的
城市和春天
躲着我们看过的雪花和河流
躲着每一滴记忆
我常对窗远望
我的眼前
除了天空
只有天空

冬　夜

一盆柴火
两壶酽茶
打发着天寒地冻的雪夜

“二十多年有了
我的炕棱上再没坐过干部
来的都去书记家了

“我就是不合作
我就是钉子户
凭啥和指头子戳眼窝的人合作

“瓜州我年轻时去过
除了风就是沙……”

雪似乎小了
洮河的声音填补了风的空间

桂　林

我问桂林何所有
美女捧出桂花酒
淡淡一杯酒
就觉得满满的眩晕
甜甜的眩晕
就觉得斟酒美女眼神的桂花香
芬芳四溢
在水墨画卷上如烟如雾
如梦如幻
不知山醉　水醉　人醉

神　疑

没有河流　却见飞瀑
滚珠溅玉
没有美人　却见珠帘
层次掩映

若非　身临其境
不会相信这洞天福地
若非　耳闻目睹
不会相信这鬼斧神工

人世一瞬间
往事越千年

北　海

今生　我停靠民间的码头
三天打鱼　两天晒网
一叶小舟上度过少年　中年　老年
我不是王　不是太阳
我得好好活着
把桨摇好　把船系好

河　西

一定是个调皮捣蛋的鬼
偷了铁扇公主的芭蕉扇
得意地笑

一扇　扇灭了残阳
两扇　扇灭了繁星
三扇　扇灭了皎月

风声抱紧村庄
女人抱紧婴儿

推介会

仿佛是赶一场庙会
仿佛是赶一场艺术团的慰问演出
千万个身影在晃动
千万张脸在晃动
围着几个招牌
和一条醒目鲜艳的横幅

喧闹之外的另一块空地上
一个男孩子狠命地踢球
一个清洁工
用钳子随手夹起一张遗落的孩子的笑脸
放进了纸篓
校园上空回荡着优美的歌曲

结　果

一年级一百度
二年级二百度
三年级三百度
四年级四百度
五年级五百度
六年级六百度
七年级七百度
八年级八百度
九年级九百度

文愈远
盲愈近

常在西门看看

西门
一个老掉牙的门
走进去
就走进了城

被菜和菜挤着的西门
被果子和果子压着的西门
被伞和伞遮着的西门
人和人在车和车中绕着的西门
嘴和嘴，牙和牙，磕磕碰碰的西门
买和卖，时时刻刻上演的西门

常去西门看看
被羊肉膻化的西门
被爆米花惊聋了的西门
被麦客叉满了的西门

宠辱不惊的西门啊
没有你
就没有叫作旧城的新城

回到桌前

回到桌前的时光越来越少
我的双手，每天行进在自然的法则里

爱的章节再也兴不起比夏天更大的波澜
中东局势
世界杯
难论成败，狼烟四起的是过程

诗歌：美丽而脆弱的一只蝴蝶
从荷马时代，从《诗经》时代
越过了多少潦草的岁月潦草的山河
让多少轮明月
为你牵挂为你瘦弱
我看见碗已高过大地的头顶
爱和欢乐被一棵棵伐倒

“读不懂啊！”
好多的人们低着头在大地上
忙碌过冬的一把粮食
回到桌前，我的笔已弯成镰的模样

民工潮

就这样，被卡住了
卡在初春二月的寒冷里

方言涌起的波澜
卷起千堆雪

“民工啊，你要到哪里去?”
刚刚过完春节
刚刚把旧衣服脱下

车费都突然调到嗓子眼儿上了
你们还是一声不吭地出发
就这样卡住了
突然就卡在许多节骨眼上

春江水暖
你们比鸭子还早知道啊

玛　曲

风在奔跑
大河在奔跑
雪花在奔跑
思念在奔跑

一堆篝火旁
两朵花醉了——
一朵金黄　一朵艳红
牧犬对着空旷
吆五喝六

一九九四年的夏天甜蜜短暂
除了那些熟悉而又陌生了的笑脸
除了三两行高尚而又卑贱的诗行
还留下什么

嘚嘚的马蹄远去
玛曲
你又复归静寂

石　头

我原是一块石头啊
一块多愁善感的石头
一块沉睡了一万年的石头
一块深藏着花朵的石头

我要开花
只需你低低地呼唤我了
只需你轻轻吹拂我的沉默
我就会灿烂地绽放

定　西

减去天空的三分蓝
减去大地的七分绿
减去溪流的八分青
减去女人的九分白

只有满山满洼的土豆花
开得正好
白得动人，红得动心

临　夏

清真寺的塔再高一点
就能看到兰州市了
松鸣岩的“花儿”再高一点
就能漫过甘南州了

河沿上的面片大啊
一个面片就盖住了一个粗瓷大碗
高速路旁的皮袋果甜啊
一棵梨树就结了一千袋黑红色的蜜汁

生意人的动作麻利啊
“阿爸，阿爸”还没叫完
果子就递到你的手中了
你还未反应过来
一辆三轮车就撞了一下你的腰
跑得没影儿了

月色掩埋

今夜
我为你斟上明月似的爱
在秋风的掩映下
沉醉

我踏着山雾而来
我噙着花香而来
只因今夜的月
朗照我今世的孤独

今夜
我就是那只做梦的露珠
月色快要将我掩埋了

落叶的时候

落叶的时候
我在树下
让心灵也去经历一季的
飘落
我的泪打湿了一封旧信
打湿了信中的内容
我知道这样的事
就像落叶
每天都会发生

落叶的时候
你从树下走过
浑然不觉
况且人们都是匆匆地走
没有人关心去年
关心昨天
落叶的时候
不忍聆听
一片两片三片四片秋叶
纷纷扬扬
纷纷扬扬的祝福和挥别

落叶的时候
无家可归
纵然心渴望了很久很久
天在远方人在远方落叶在远方
塞内塞外
都是芳草离离

乡下来的兰驼

年关将至
乡下来的一辆兰驼　突突突突
最前沿竖着的电视接收锅　突突突突
几个男人粗糙的手指间夹着的香烟　突突突突
一个女人露出的乳房和孩子吮吸的小嘴唇　突突突突
背包里斜插的流星花炮　突突突突
他们交谈的话语　突突突突
年关将至的心情　突突突突

城北城南，四乡八路来的兰驼　突突突突　突突突突

一代人

出去了又回来了
回来了又想着出去了

一代人徘徊着累了
一代人纠结着老了

在城里梦见山里的风吹着山里的草木、河水
在乡里梦见城里的灯暖着城里的楼群、街衢
一代人在路上
回来的回来，出去的出去

城里明月，乡里明月
举头，低头，都是明月

景泰汉子

哗啦啦的黄河水哎——

那水就在我的眼中翻腾着
在我的身体中翻腾着
在甘肃大地上翻腾着

波涛里出现了羊皮筏子
羊皮筏子在波涛里跌宕着
一个汉子在波涛里跌宕着

歌声落幕，掌声如雷
那个来自景泰的甘肃汉子
握着粗糙的手
站在星光大道上泪花盈盈

水嘛呢

流水不腐
木轮腐了
流水不羁
嘛呢无声

木轮上长了蘑菇
悬亭上生了苔藓
光阴荏苒
怕是长了蘑菇，生了苔藓

山不转水在转
嘛呢困了
想偷会儿懒

花　儿

山谷里下过雨，落过雪
我不追问
他们去了哪里
垂柳说，在柳叶里
槐树说，在花瓣里

山谷里草莓自生自灭，蘑菇自生自灭
我不追问
他们去了哪里
青草说，去了远方
泥土说，回了故乡

山谷里漫过伞儿，漫过花儿
我不追问
他们去了哪里
怕是季节改变了花儿
岁月改变了伞儿

还有一些花儿
说不出，唱不出
哭不出，笑不出
在人间偷偷开过

黄涧子

满山的红玛瑙
满山的红灯笼
满山的红星星

或许不为采摘
或许不为欣羡
开了花，结了果
前生不知，来世何在

风也好，雨也罢
甜也好，涩也罢
爱是什么　恨是什么

王的天下

看一部电视连续剧
深陷紫禁城
深陷君王的杀伐和柔情

君临天下
山呼万岁的大地上
哗啦啦跪下去的
是一片背影

王的女人
在三宫六院里花开花谢
最终死在一棵树上

红墙内
群臣鱼贯而入，鱼贯而出
紫禁城朱门打开
半是明史，半是清史

卓尼少女

那一山一山的树在动
那一山一山的风在动
那一山一山的雾在动
那一山一山的花在动

那婀娜少女的玛瑙在动
那婀娜少女的银盘在动
那婀娜少女的衣袂在动
那婀娜少女的眼睛在动

那婀娜少女一回眸
那一山的树不动了
那一山的风不动了
那一山的雾不动了
那一山的花不动了

卓尼·洛克

北边的河流入了黄河一去不返
南边的江流入了长江一去不返
中间地带的险峰峡谷深藏不露
山水王国里植物生息动物出没

山上的新冰川覆盖了老冰川
山下的新苔藓覆盖了旧苔藓
山间的樵夫日日怀斧早出晚归
山间的农妇年年劳作粗茶淡饭

青松掩映的寺庙里喇嘛诵经
炊烟袅袅的村庄里桃花灼灼
洛克走过的街道告别了泥泞
洛克晤面的土司回归于历史

一套稀世《大藏经》珍藏美国
一丛丛紫斑的牡丹竞艳欧美
洛克回国后念念不忘的土地
青山依旧在，夕阳几度红

和李志勇《山上》

——想起了甘南的哥们儿

下山喝水的狮子　是光
它把山里的溪水都一口气喝净了
那些山也被它喝光了
它卧着，和山没什么两样

那些高处的云朵　是狮群
有点壮观　被太阳赶着
也去喝水，是银河吧
它们会喝光银河的水呢

那些低处的人呢　是萤火虫
志勇坐在屋里抽烟，扎西去酒吧喝酒
荞麦花开下班后匆匆回家了
我不知道，狮子已经顺着山脊来到了城里
光一样穿过我们的身体

洮河从岷县绕了个弯

洮河在这儿简单地绕了个弯
留下守望的野岭荒山

十年九旱，一年雨打
靠山吃山的山民
坐吃山空，奔走他乡
推百家门，看千家脸

当归，当归，耐人寻味
是偈语，是奥秘，还是发现
山因此而变金
人因此而富贵

端着热腾腾的面片
尝着甜丝丝的点心
那个泪啊
直在眼眶里打转转

倒淌河

金塑佛
木雕佛
泥塑佛
那光亮处的佛
阴暗中的佛
还有过去佛
现在佛
将来佛

像一条河流倒淌过

佛
越来越多
游客
越来越多

青　海

是谁
把偌大的青海湖
交给这么一个人

一个好像放了一千年的牧羊人

一个快要变成石头的人

粗粗糙糙地看着
冷冷漠漠地守着

恰似吐谷浑王朝的警察

塔尔寺

三个和尚三种坐姿
两匹老马一样表情
五六个小贩一窝蜂地嘈杂
七八十辆晒太阳的车

佛笑：
我不喜欢热闹就成了佛

西　宁

今夜
八月掩卷
八月的西宁不攻自破
雪
占领了西宁

两三家小摊
燃烧的炉火
怎抵这乍暖还寒的
冰凉

一袭蓝裙
成了紧缩的羊肉串
同桌的我合不拢嘴
这样儿
还想做昭君

河西走廊

不见匈奴马
不见汉家马
只剩下空旷的走廊
只剩下石缝里觅草的羊群
还有觅草的风
飕飕的
要啃光千里河西
最后一把草

金沙岛

你边开车，边兼职导游
说你们的荷花池，说你们的玫瑰园
说你们的香草园，说你们的菊花园
说你们的玉米地，说你们的枸杞园
好美啊，这一切，这一早晨
你要把现实的和未来的都呈现给我们

而我们只是一群看客，只是一群走马观花的人
盛不下这火辣辣的热情
火辣辣的爱
情何以堪：五年前，这里还是一片荒漠

宁　夏

一堆堆西瓜
背后是几张粗糙的脸
再远处是粗糙的山沟和沙地

一双粗糙的手
捧着鲜红的瓜瓣
"尝尝，甜瓜，再往前就是甘肃了"

我真不想再去第二次
看那么粗糙的山川
但忍不住回头

依旧是一堆堆西瓜
陪伴着几张粗糙的脸

靖　远

一眨眼就过去了
你的村庄，缩小成高速路旁的一个蓝点
退到荒凉之上
退到我的眼眸里

我还记着你大学时的模样
我的同桌

这么多年
你的村庄就在这荒凉之上
你就生活在荒凉之上：
三两棵树
没有河流，甚至没有雨点的村庄

春日临洮

城中园，人太多，太喧闹。
去貂蝉湖，去岳麓山，去西岩寺。
看湖上波澜，山上芳花，岩上危楼。
洮水宽阔，平缓，清澈。
群山层峦，叠嶂，幽静。
城里城外，报春，玉兰，碧桃，粉杏……不知开给谁看。
春日，心中有一些想念多好，有一些希望多好。
与牵手的人擦肩而过，与骑单车的人擦肩而过，与嬉闹的孩子们擦肩而过。
在桃林里迷路，沾一身芳香，染一身春色。
在长堤上流连，看万千柳丝，临水拂动，动眼，动心，动情。
一微笑，一凝眸，一驻足，一回首。
大地一纸笺，鼓鼓的，装下春日山河。
天空一信封，蓝蓝的，还未贴上锯齿边的邮票。

敦　煌

不说寂寞沙洲冷
不说余秋雨的《道士塔》
不说你的西魏东魏汉唐五代宋元明清
不说四百九十一洞窟两千四百一十五尊塑像四万五千平
　方米的壁画
不说你的三危四郡和两关
只说敦煌学教授何国栋
只说他数十载圈圈点点的纸页
黄如茫茫沙海
破如古道残卷

教室安静
敦煌，只剩寂寞一教授

石头：羊

牧羊人赶着石头
石头在山坡上跑动
石头在山坡上咩咩地叫
河谷那么空旷

乌鞘岭守口如瓶
怕一出声
剩下的三五只羊也变成石头

安　宁

桃花，在三月就谢了
桃树也没有觅处
安宁的风乍暖还寒
槐树叶飘满长街
想拨通一个人的号码
却又放弃了
一个人呆呆地站一会儿
再呆呆地回去

桂花山

人去，屋空。

花还开着，老戏台还在，篮球场还在。

小庙门半开，神不在。

碌碡半没于草丛。一把小锁，锁什么？

光阴，旧日子，往事，鸡鸣犬吠？

远走高飞，也好。

洮水苍茫，岷山苍茫。

村口老树，在迎，在送，在守望——这儿还有一个老村庄。

王清洞石窟

红崖，巨石，悬楼。一悬，悬了千年。
志书忘了，忘了好。
佛静坐，檐角风铃动。
三月三，六月六，朝山的人如花汹涌。
香烟缭绕，花儿萦绕，溪水自流去。
“文革”，一声叹息。
壁画涂了鸦，殿庑毁于火。半截瓦当，半块木碗。
沉在手中，重在心头。
民居小康，神重回殿堂。
看门人不在，松门上一副发白的对联：
古洞无灯明月永照；山门不锁白云自封。

娘娘坟

寂静，四围是山，更远处还是山。
娘娘呢，无觅处。将军呢，无觅处。
一块四四方方的平地，种了青稞，播了蚕豆。
雨打残砖碎瓦，云绕明台清墩。
四户人家，十二棵白杨，两三只喜鹊，陪伴着娘娘坟，陪伴着明史。
昨日过门的人家新娘，站在巷口，有点像贵妃娘娘。
像极了红晕似的桃花，风风火火地盛开山野。

有一个词，叫红月亮

1

二十多年了，那个暗淡了的词
被藏起，在一些旧信封里，老照片里，老朋友的口里
现在我的女人，她像一头温柔的豹子，在我的胸口踱来
　踱去
她不知道，那个暗淡了的词没有一天不折磨我
或许她早就受折磨，而且比我还多

2

那个词，间谍般的预谋
并且出入，谁的眼睛能辨别高尚和卑鄙
我的亲人们为此保持缄默，像对待血红的高粱
也曾叹息啊，大雁身上越积越厚的飞雪

3

秋天的巷口多么幽深
那个词如同锈迹斑斑的挂锁
那开满芍药和玫瑰的庭院
曾经是我的天上人间
窸窣的杨柳里，是比人还瘦的秋风

4

那个词终于暗了，像一天天暗下来的楼台
面对日渐在粗糙里打磨出的欢乐
面对春天的麦穗和鸟鸣
苍老得不值一提，惭愧得不值一提

5

那固若金汤的城池留给秦时明月
潮水憾恨，这难以平静的波澜
如果是法官，他可以重新一一翻检泛黄的案卷
如果是青草，它可以羔羊般细嚼慢咽

6

注定是一场庄生梦蝶的夙愿吗

像风马一样飘落的期盼
风铃一样的惨淡
落日里，是渐次黑了的西山

7

我被洗劫一空的甘南
那些零落成泥的牡丹
白塔映衬的苍白的红颜
还有你左手里紧攥的幸福，右手里紧攥的美满
摊开经卷，字里行间是蒙眬的泪眼

8

最心酸的别离是生生的别离
最苦涩的流放是心灵的流放
那修行的僧人可以躲进积雪的深山
我的修行经历千锤万凿，难敌六字真言

9

雪花冷了，千山万水冷了，甘南的天空冷了
你要用热吻为我取暖，你要用拥抱为我取暖
“我不怕，我不怕”
你背对着渐渐塌陷的城市和无法抉择的俗世

10

一个人坐在春暖花开的山坡
不相信自己还留驻在今生今世
山口里下来的一对恋人
让山谷变得热烈起来，那个词变得热烈
随后陷入更加的暗淡

11

我只是一个工匠，工于雕梁画栋
我只是一个农民，习惯起早贪黑
我只是一个乐师，娴熟吹拉弹唱
伤感啊，我只能做米拉日巴，面壁思过

12

那不过是穿城而过的季节河
的哥代替了马夫的小街，荒草萋萋的山坡
还有弹唱不息的藏歌
为何让我流连忘返，失魂落魄

13

那些年白塔不动声色，格河不动声色

庭院门扇上的金属环不动声色
我和你的梦遭遇最冷的风暴
你依旧在十字街口等我、念我，盼着我
那些年就这样不动声色地流过，轻烟般消失
雨一般洒落，不动声色

14

春天来了，娘埋在土里的青葱开始发芽
三河一江的冰面悄悄解冻
那些藏在树林里的云儿霓裳飘飘
苍老的扎西专心地擦拭着架子上的银器
丰满的卓玛抖动着柜台上的丝绸
车站前的空地上商人们怀揣着发财的甜蜜打磨着虫草
我感觉这人间的温暖是多么地不可抗拒

15

不去想了，年年岁岁与岁岁年年的不同
不去想了，一草一木和一花一果的因缘
不去想了，是在悬崖上守候千年
还是在爱人的肩上痛哭一晚
不去想了，那海的潮汐，梦的潮汐

16

阳光照过司汤达的墓志铭：活过，爱过，写过

雨水淋过司汤达的墓志铭：活过，爱过，写过
多少个相似的聚散，多少个相似的背影
圆滑了的是骨骼，不渝的是脉络
面朝大海，千帆过尽，与海鸥一起翻飞的是身影
与海鸥一起鸣叫的是心灵

17

这些年孩子们渐渐长大
空气里一点一点淡了的是栀子花
陪你一起看草原成了迷人的童话
七月里的金菊花，八月里的龙胆花，九月里的毛莨花
她们都自己开了吧，还有埋在我们心里的格桑花
或许再也不能发芽
或许再也不能发芽

18

打马走过，那少年是何等地轻狂
打马走过，那青年是何等地阳光
打马走过，那中年是何等地忧伤
打马走过，那老年是何等地凄凉

变 迁

云还飘着，水还流着，风还吹着
一些村庄消失，一些人家远迁
门牌记着：陈旗乡桂花山二十二号
两块石碑，一块青石，一块红石
留下光绪年号和美名：圣境桂花山
哪儿来的桂花呢，只有桃花、杏花和野花
三尺头顶有蓝天
三霄娘娘或许会在山间小庙小憩片刻
修行的人或者得了道，或云游去了
一把小锁，锁了柴门
几户人家留下了，守着山，守着水，守着日月
唐宋元明清，轰轰烈烈来，凄凄惨惨去
回眸：一段古长城，一段秦腔
生旦净末丑，你方唱罢我登场
岁月一杯酒，人生一场戏，悲欢一把泪，世事一盘棋

南　京

口口相传六百年的老家竹寺巷？纻丝巷？
拆了，迁了，觅不到了
在洮西凤凰山修一座压缩版的南京
安顿身子，搁下灵魂
开轩话桑麻，说老家应天府，不唤金陵
金陵也只是一场春梦
下飞机
武定门在雨中，中山陵在雨中，南京在雨中
中山先生是要去看的
山路长，台阶多
绕了先生汉白玉坐像一圈
心里默默鞠了三躬
雨中，拍照
看见了“民族　民权　民生”和“天下为公”
秦淮河，画舫穿梭
夫子庙，车水马龙
雨未停，夜未央，是日是国庆节
友人发微信，竹丝巷寻见否

喀尔钦

在水上，安放两片石磨
在山里，隐藏一座古寺
白塔是终年不化的冰块
转塔的人转着转着就老了
流水那么着急
打开一卷经书
一些神秘的字开始发声
盘腿的老僧坐在画前
许多年的云就飘过去了

鸣鹤城

红的山，红的城，红的残垣断壁。

空城，旧梦。

城破了，家就破了，山河成了废墟，岁月成了废墟，朝代成了废墟。砖块，瓦砾，为蚂蚁遮风挡雨。

红的台阶，多少月色在感伤。

红的瓦当，多少水滴在叹息。

红的疆土，再不见青的炊烟，马的嘶鸣，剑的银光，旗的飞扬。

种地的人，在城里播麦点豆。

放羊的人，在城头上目送飞鸿。

护城河，从南墙外流过，低得没有声息。

魏乎？晋乎？

不知，不知。

天上一轮空月，地上一座空城。

风吹着红的山，蓝的天，慢下来的时光。

古　庙

荒凉的岁月，荒凉的山坳。

老树，老人，老戏台。

好似一袋烟没抽完就老了。女人呵斥着狗，记不起了，那是谁的女人，绣花鞋却记得，鞋面上是蝶恋花，年轻时在集上扯鞋面扎的。

日头从东山上升起，从西山上落下。人家在山坳里，土豆般挤在一起。来得有点早了，杏花、李花、桃花开时，香死人呢。

山嘴上有庙，飞檐翼翼，斗拱重重。

日子里怎能没有神呢。

盖一座庙，供一位神，心就放到校场里。

校场，跑马射箭的地方。皇帝没有命令，就子子孙孙忙了守边，闲了屯田。况且是一位女神，没有名字的，只叫娘娘。娘娘庙旁，还供着李文忠，明代开国元勋竟然屈驾在这儿，不懂啊，这民间的轻重、厚薄。

还有堡子呢，山腰里。

还有营盘呢，山顶上。

庙里的旧钟民国年间被土匪砸了。新钟挂上时间不长，响了，新的声音，新的味道，像新落的雪。

古 井

村里没有泉，有井。

泉过去有，干了，在对面的山沟里，雪化了，从沟里流下来，随意用勺子刨个坑儿，等水漫了坑，一勺一勺舀到木桶里，两个小僧人气喘吁吁抬到寺里，比在翁则引领下，在铁棒喇嘛管教下，摇头晃脑，在黑乎乎的大经堂里念经的差事好多了。

后来，寺院周围山坡上的森林逐年减少，泉干了，春天融雪，水渗进沙土里，一勺下去，半勺浑浊。在大筲里澄一晚上，晨起泡茶，活佛无味，老僧寡淡。

提水的小僧只能去山下更远的山沟里，山沟里有麻雀，有风，有阳光，倒是自在。好日子不长，老僧要挖口井。僧人们轮流挖，挖了一个月，水出来了。老僧们提着念珠，将合十的双手举过头顶。

小僧问活佛，您从哪儿算出高山上有水呢？活佛笑嘻嘻地捻动着念珠，说，头顶有云，山下有水，人世有路。

小僧似懂非懂。想着，想着，也成了老僧。

古　佛

村庄在山里，山在更大的山里。

山里有座闫家寺，寺里有个和尚，先去了禅定寺，后来去了色拉寺，再后来去了雍和宫，成了藏王。

山里出了藏王，与山里有啥关系呢。冬天，大石头滩的溪流还是悄悄地在结冰；春天，葱花坡的野葱花还是悄悄地在生长。

山里人点一把草，一天的日子就打发了。点一辈子草，一生的日子就打发了。藏王，且去做他的王，住他的宫殿，念他的经。

寺里有块碑。

一盆水泼下去，青色的洮砚石碑显出了字，孩子们围着、挤着、看着，好端正的字，还认出了光绪，大清的皇帝多少年就灰头灰脸藏在大山里，藏在供桌下，也难怪，世事总是难以推敲，难以捉摸。

还有一块碑呢，三种文字，藏、汉，另一种呢，谁也不认识，现在埋没在人家院落里，做了台阶，看不见字，据说上头有"我真的还想再活五百年"皇帝的大名。

大山接纳了吐蕃，接纳了鞑靼，接纳了清朝。

大文人顾颉刚来过，就住在闫家寺里，看雨，看法舞，看晒佛。和在拉萨取得格西学位的宋堪布聊天，谈心，品茶，说国事。

山风歇了巨翅，怕打扰两朵民国的云。

甘南：八匹马儿奔跑的草原（组章）

玛　曲

是谁横一支羌笛，在九曲黄河的圆月之下。

是谁骑一匹白马，在阿尼玛卿的山梁之上。

汉代的珊瑚挂在胸前，唐代的弓箭背在身后。吐蕃赞普友好的信使大雁般秋去春来，金城公主的柔情在花海碧草间百转千回。

玛曲，天也苍苍，地也苍苍；玛曲，生也茫茫，死也茫茫。

做汉子，就做格萨尔，劈山为谷，斩水为路，盘马引弓，荡风回雪；做女人，就做七仙女，威严的天条阻不住她们追求自由的脚步，骤急的狂涛掩不了她们豆蔻曼妙的身姿；做情人，就皮袋马尾，带刀夜行，做篝火堆上的牛粪，开水锅里的羊肉，糌粑碗中的酥油。

玛曲，容得下繁花似锦，也容得下百花凋零。

玛曲，容得下一往情深，也容得下铁石心肠。

临　潭

不说古道西风瘦马，不说枯藤老树昏鸦。蒙蒙烟雨中，三国两晋的洮阳城还在守望；寂寞旅途中，一曲洮州“花儿”高亢奔放。

洮水之畔，谁打马走过？

姜维，吐谷浑，哥舒翰，高适，李晟，悉诺罗，金城公主，忽必烈，刘伯温，李达，侯显，李自成，顾颉刚，朱德……

一滴滴水，滴落古洮州的屋檐，渗入土地；一碗碗酒，热辣辣，火烈烈，渗入肺腑。

洮州人家啊，下到锅中的线，捞到碗中的面，红土豆白土豆里撒的胡椒拌的盐。

打开一扇窗，是江南的花格格窗；闪出一个女子，是西湖水的霓裳。

城堡墙根下，古楼阴凉里，白发的老人们夸朝廷的娘娘，好像是夸自家的闺女；骂翻脸比翻书快的帝王，好像是骂自家的兄弟和婆娘。

云聚云散，睡将军仰卧云天。雾开雾合，莲花山风情万种。

三月里，临潭的杏花次第开了，千山万壑的杏花纷纷扬扬。

夏 河

卖马的汉子在石环里系牢马匹大碗喝酒大块吃肉去了。

卖茶的汉子在客栈卸下茶篦到楼上吃茶到集市相马去了。

风吹着白塔上的经幡，吹着蓝天上独自滑翔的那只鹰。一个白发如絮的阿婆佝偻着身子，摇动手中黄铜打造的经筒，像从远古走来。欲界，色界，无色界，这神秘的时空；天上，地下，人世间，这不解的轮回。

推开每一扇门，都有一个故事在等待；推开每一扇门，都有千尊塑佛在注视。

狮子吼的主人，威严如仪，原来是踏石留印的格鲁派鼻祖。白度母，绿度母，观世音菩萨心系苍生的两滴眼泪，两滴眼泪化作的两朵莲花。莲花，莲花，盛开在拉卜楞寺的大小佛殿，盛开在尘世轮回的一念之间。

若有机缘，我会陪你看一场酥油做的莲花盛会。

往西，是风吹草低的桑科草原；往北，是风吹草低的甘加草原。

大力加山的顶上一场雨雪就要落下，谁，心里装得下一座八角城池？谁，心里揣着自己的卓玛？谁，心里藏下一朵莲花？

卓尼

一个美国传教士窃走了石堡战楼碑，一个美国探险家带去了紫斑牡丹花。都是美国人，一个亡命天涯，一个美誉天下。太平洋的风帆下，谁颤抖着双手举起了望远镜，看那块土黄色的大陆一点点变得遥远，变得模糊。

马仲英的一把火把经卷烧光了，肋巴佛的一把刀把黑夜劈开了。

九巅峡的浪涛里练就放筏人的胆量，喇嘛洞的悬崖上练就洮砚人的气魄。

禅定寺的钟声如铜，光盖山的积雪如银。

叩开红门，一个宁静的院落，一片宁静的树林。二十代土司岁月流转，尘埃落定；五百年烽火狼烟，生死疲劳。崔古仓里颗颗金色的麦粒，温暖了暗夜里红色的点点星星。

且不说拉力沟的木头，车巴沟的犏牛，卓尼族的丫头。

碧玉般的洮河穿城而过，碧玉般的山峰层层叠叠。

若有一见钟情，卓尼就在眼眸中。

若有一场细雨，卓尼就在画图中。

碌曲

风吹尕海湖，吹女神勒加秀姆羊脂玉的胴体，

点虎为羔羊，化豹为奇石。华丹拉姆天女胸怀的金光透过洁白的乳峰，透过迷人的眼神，让妖魔心软，让邪恶退却。名叫白龙的那条江，腾云驾雾，自此诞生，为泉，为溪，为瀑，源远流长。

洞外世界，云雨缥缈。峡谷里石头为墙，木板为顶，石块为瓦，沓板房的四周，是挨挨挤挤的篱笆，篱笆上开满白的、粉的、红的、黄的喇叭花。藏式小楼的窗子拉开，一张女老板的笑脸在雨中温暖如家。

雨中，郎木寺钟声凝重。金顶、飞檐、红墙、青松，朦朦胧胧，三两个着红袈裟的僧人朦朦胧胧。通往神龟驮载的天葬台，有一条湿漉漉的隐秘小路。小路的一头系在人间，一头拎在天堂。真的吗？神和秘是看不清的，就像内心和它的影子。

迭　部

千年的栈道横断悬崖，万年的松柏呼风唤雨。驮着盐巴的汉子，刚吃了豹子的胆。啸聚山林的劫匪，长着鹞子的眼。马失前蹄，客死他乡，也不过是一声鸟鸣，一块落石。

石头搬开就是路了，树木倒下就是桥了，峭壁挤开就是天了，九死一生就是命了。

那峥嵘的山，高出云端的一半已经风蚀腐烂；那奔腾的水，沉淀了多少人间的甘苦酸甜。山沟里的女人，山沟里的花，开得寂寞，美得寂寞。

春夏秋冬，是藏在日子里的梦，挂在岁月里的画。

老水磨的主人不知换了多少茬，老水磨的铁锁不知换了多少把。

铁尺梁的雪薄了，厚了；茨日那的灯熄了，亮了；腊子口的月圆了，缺了。

岷山山巅，那个涅甘达哇般的伟人站在秦岭分界线上，豪情满怀，赋诗高歌。

舟　曲

暴雨，雷电，泥石流。

天地混沌，江河泛滥。

一叶小舟被置于风口浪尖。无数的生命，在波浪里挣扎，呼号，像无数扭曲的火焰，像无数坠落的星辰。

劫难过去，一个婴儿在废墟上落地啼哭，一朵花儿在泥泞里展开花瓣。

还会继续踏歌吗？还会继续采花吗？

拭去泪，我们依旧盛装，采花；拭去泪，我们依旧对歌，跳舞。

十二个姐妹的眼泪、鲜花和香柏埋葬了传说中的莲芝姑娘，十三亿儿女的双手、祝福和爱心托举起崭新的江南一舟。戴上五彩的花环，点亮元宵的花灯，沐浴圣洁的“曲纱”。

我们摆手，挪步，踏歌；我们牵手，蹲腰，起舞……

合　作

那些年，草地寂寞，星星兀自掉下，桑多河悄然流淌。背水的女人背着巨大的冰块，牛毛绳子勒疼了一生。赶着马车的汉子赶着一车黄黄的草，摇摇晃晃地深入冰天雪地。羚们从山上下来喝水，风声一紧，不见了踪影。

那些年，雪落无声。去拉卜楞寺的生意人凿冰取水，击石取火，糌粑糊嘴。冷啊，山紧抱着村庄，牧羊人紧抱着长鞭，大风抱紧牧羊人，不松手，也不松口。

那些年，为了牛羊口中的一把草，打过仗，杀过人，放过火，流过血，那些听起来豪放、想起来悲凉的事儿，还有那些老电影、老街道、老房子、老马车，比太子山的雪还消失得快，比大夏河的水还流得急。

记住的是这一天天变化了的靓影。

飞机场，高速路，九层楼，当周沟，大学城，香巴拉……

鹰的故乡，云的故乡，歌的故乡，诗人的故乡，画家的故乡，旅游者的故乡……

那些年，一闪而过，闪过那么多贫穷荒凉。

那些年，一闪而过，闪过那么多泪水盈眶。

后 记

天很快黑了，它似乎已经忘记刚刚下过一场暴雨，现在变得像没事人似的，安谧，祥和，宁静，温馨。

在现实中，一个人，一些事，一些变迁，也大抵如此，说变就变，说发生就发生。

我的诗歌经历的三十年，国家发生了多少事，家庭发生了多少事，个人遭遇了多少事，很多都是不可测的。那些伴随的欢乐、忧愁、痛苦、幸福，都归于车辙一样的年轮了。

迈入诗途，还是误入诗途，不过是相对的评价而已。我不知道哪一天爱上了诗，也不知道哪一天要离开诗。

我的诗歌无疑有家庭的影子、爱情的影子、变迁的影子、时代的影子。一个人，一件事，于他人看来，无关紧要的，于我而言，却是无法回避的。一些人，一些事，于前人无多大联系，于后人也难以理喻，但经历的人，却也是无法回避的。我或我们，只有两种选择，乐观地接受，或悲观地面对。诗歌，或是另一个我，是我的另一种生存状态，它替我说话，替我解忧，替我记录，替我表达。我因此反复地写下月光，写下我的亲人，写下尘世间的烟云，写下大地上的路，写下草原上的轮回，写下转瞬即逝的美好。

我很多的诗歌，是安静的，是低沉的。但有时也是桀骜的，它不忍羁绊，挣扎着，嘶叫着，可是一匹马的声音，有多少的穿透力和震撼力呢。高原之上，依旧是一匹孤独的马、低头的马、蓝眼睛的马、火焰似的马。

除了写作，我喜欢阅读。我阅读诗歌，最怕像小说似的一口气翻完。我喜欢像啃甘蔗，一点点轻咬，一点点轻咂，思索着，回味着，享受着阅读的美好。我写作诗歌，不同于天赋才情很好的诗人，我更多时候像贾岛似的，反复地煎熬自己、折磨自己，我不说推敲。有时间了，我也关注当代诗歌的发展走向，并通过写诗话来提高技艺，适应着不舍昼夜滚滚东流的诗歌长河，所以我的诗歌中难免有很多诗人的影子，或轻，或重，或明，或淡。近几年，我也尝试写些散文诗，有很多诗人将诗和散文诗要截然分开，我却认为，这二者如同女孩子穿衣，穿牛仔裤还是穿裙子，没多大差别的，关键是美丽动人即可。

最后感谢中国作家协会朱钢老师，他赏识我、支持我、鼓励我，并为诗集命名《纸上火焰》，希望这燃烧的文字温暖我，也温暖我的亲人和朋友们！

作 者

写于2019年7月23日夜

图书在版编目（CIP）数据

纸上火焰 / 彭世华著. -- 北京 : 作家出版社，2019. 12
ISBN 978-7-5212-0783-5

Ⅰ. ①纸… Ⅱ. ①彭… Ⅲ. ①诗集 - 中国 - 当代 Ⅳ. ①I227

中国版本图书馆CIP数据核字（2019）第261603号

纸上火焰

作　　者：彭世华
责任编辑：李宏伟　秦　悦
装帧设计：薛　怡
出版发行：作家出版社有限公司
社　　址：北京农展馆南里10号　　邮　　编：100125
电话传真：86-10-65067186（发行中心及邮购部）
　　　　　86-10-65004079（总编室）
E-mail:zuojia@zuojia.net.cn
http://www.zuojiachubanshe.com
印　　刷：三河市兴博印务有限公司
成品尺寸：152×230
字　　数：177千
印　　张：18.5
版　　次：2020年1月第1版
印　　次：2020年1月第1次印刷
ISBN　978-7-5212-0783-5
定　　价：56.00元